Norbert Franck

Schreiben wie ein Profi

Norbert Franck

Schreiben wie ein Profi

Artikel, Berichte, Briefe, Pressemeldungen, Protokolle, Referate und andere Texte

2., überarbeitete und ergänzte Auflage

Bund-Verlag

CIP-Titelaufnahme der Deutschen Bibliothek

Franck, Norbert:
Schreiben wie ein Profi : Artikel, Berichte, Briefe,
Pressemeldungen, Protokolle, Referate und andere Texte /
2., überarbeitete und ergänzte Auflage,
Norbert Franck. – Köln : Bund-Verl., 1995
ISBN 3-7663-2635-X

2., überarbeitete und ergänzte Auflage 1995

Lektorat: Jupp Legrand
Herstellung: Heinz Biermann
Satz: Typomedia Satztechnik GmbH, Ostfildern
Druck: Ebner Ulm
Printed in Germany 1995
ISBN 3-7663-2635-X

Inhalt

Texte

Drittes Kapitel
Mitteilungen für die Öffentlichkeit

Viertes Kapitel
Texte für Beruf und Ausbildung

Fünftes Kapitel
Briefe

Für Christiane

Einleitung

In dieser Einleitung können Sie zunächst etwas über mich lesen, den Autor dieses Buches. Dann folgen, das mag Sie vielleicht verwundern, einige Überlegungen, wie ich mir Sie vorstelle, die Leserin, den Leser dieses Leitfadens. Schließlich erfahren Sie, wie das Buch aufgebaut ist.

Über den Autor

Ich schreibe seit ungefähr 39 Jahren. Angefangen habe ich, wie Sie, mit dem Abc. 24 Jahre lang habe ich mich mit dem Schreiben mal mehr, mal weniger gequält. Seit 15 Jahren schreibe ich gerne. Über diesen Weg will ich kurz berichten.

In der Grund- und Realschule durfte ich nie das schreiben, was ich wollte. Ich mußte immer das schreiben, was die Lehrerin oder der Lehrer verlangte. Während meiner Lehrzeit habe ich nur Geschäftsbriefe geschrieben. Für fast alle Vorgänge gab es Muster. Im Abendgymnasium wurde jeder persönliche Akzent beim Schreiben schlecht benotet: Wir sollten uns an Regeln und an großen Vorbildern orientieren. Während meines Studiums lernte ich, mich »gebildet« auszudrücken. Ich schrieb über *Interdependenzen,* über *Evaluation* und *Implementation,* über *kommunikative Kompetenzen* und *elaborierte Codes.* Fremdwörter waren »in«, wie es in den siebziger Jahren neudeutsch hieß. Die »Kunst«

des Schreibens bestand darin, sich unverständlich auszudrücken. Ein Satz ohne mindestens zwei Nebensätze und drei Einschübe galt als »ordinär verständlich«. In diesem geschraubten Imponierdeutsch schrieb ich viele Referate, meine Diplomarbeit und zusammen mit zwei Kollegen ein Buch.

Das Buch war erfolgreich, und in regelmäßigen Abständen mußte ich es für die Neuauflage durchsehen. Bei jeder neuen Auflage fielen mir die Satzmonster und Wortungeheuer auf, die ich bei der letzten Auflage produziert hatte. Ich überlegte mir: Wie kannst du dich verständlicher ausdrücken? So habe ich, an meinen eigenen – schlechten – Texten, viel gelernt. Damit bin ich, bevor es so richtig losgeht, bei meiner ersten Empfehlung: Sie können sehr viel lernen, wenn Sie während (und nach) der Lektüre dieses Buches Texte verbessern, die Sie in der Vergangenheit geschrieben haben. Werden Sie Ihr eigener Kritiker, Ihre eigene Kritikerin! Meine Erfahrung ist, daß die Arbeit an eigenen Texten (und das gelegentliche Schmunzeln über Briefe oder Berichte usw., die man früher geschrieben hat) auch Spaß machen kann.

Zurück zu *meiner* »Schreib-Geschichte«: Spaß am Schreiben entwickelte ich in der Zeit, in der ich meine erste Ausstellung machte. Ich stand damals vor der Aufgabe, schwierige Zusammenhänge *kurz, verständlich* und *interessant* zu formulieren. Das war für mich eine harte und lernreiche Schule. Ich lernte, daß ich gar nicht so viele *Regeln* beachten muß, um vernünftige Texte zu schreiben. Ich lernte, daß viel Kreativität freigesetzt wird, wenn mir nicht ständig (gute oder schlechte) Schreib-*Vorbilder* im Nacken sitzen. Ich lernte, daß viel davon abhängt, den Kopf für das frei zu bekommen, was *ich* mitteilen will. Und ich lernte, daß ich mehrere Sätze hintereinander mit »ich lernte« anfangen kann.

Seit dieser Zeit schreibe ich gerne und viel. Ich veröffentliche, so will ich es nennen, »Sachtexte«. (Gelegentlich schreibe ich ein Gedicht oder eine kleine Erzählung: diese Texte bekommen allerdings nur gute Freundinnen und Freunde zu sehen.) Ich habe erlebt, daß man kein Genie sein muß, um verständliche und interessante Texte schreiben zu können. Man kann es lernen. Lernen bedeutet in diesem Zusammenhang, auch einiges zu »verlernen«, was in der Schule gelehrt wurde (ich komme darauf zurück). Um anderen wenigstens einige der Qualen zu ersparen, die mich viele Jahre begleitet haben, führe ich seit einigen Jahren Seminare durch, in denen ich geistiges Schreibwerkzeug vermittele. Eine Zwischenbilanz meiner Erfahrungen, die ich in diesen Seminaren gemacht habe, ist dieses Buch.

Über die Leserin, den Leser

Es folgen einige Gedanken darüber, wie ich mir Sie, die Leserin, den Leser dieses Buches, vorstelle. Meine Überlegungen kreisen um die Frage, wofür Sie diesen Leitfaden brauchen.

Sie sind die »ideale« Leserin, der »ideale« Leser, wenn Sie gelegentlich oder auch öfter Texte verfassen. Sei es, daß Sie

- im Büro, in Ihrer Ausbildung Protokolle oder Berichte schreiben,
- Leserbriefe schreiben oder schreiben möchten,
- in Ihrer Freizeit an einer Vereinszeitung mitarbeiten,
- als Mitglied einer Bürgerinitiative ein Flugblatt schreiben,
- für Ihren Verein oder Ihre Initiative Pressemitteilungen verfassen,
- in einem Verband oder einer Partei ehrenamtlich oder im Rahmen Ihrer Arbeit mit begrenzter Stundenzahl für die Presse- und Öffentlichkeitsarbeit zuständig sind,

– während Ihrer Aus- oder Weiterbildung Texte unterschiedlicher Art produzieren müssen.

Und Sie müssen unzufrieden sein – unzufrieden mit dem, was Sie in der Schule für das Schreiben von Texten gelernt haben. Unzufrieden aber auch mit
– Ihrem Stil, Ihren Formulierungen oder
– der unklaren Gliederung bzw. Struktur Ihrer Texte oder
– dem zu hohen Zeitaufwand beim Schreiben oder
– dem fehlenden Pfiff Ihrer Texte.

Sie wollen keine Schriftstellerin und kein Journalist werden. Sie wollen die Texte *verbessern,* die Sie im Beruf, in der Ausbildung oder im Alltag schreiben (oder schreiben wollen). Sie wollen mit weniger Mühe verständlich und möglichst interessant schreiben. Sie sind davon überzeugt, daß Sie das lernen können. Die Voraussetzungen dafür bringen Sie mit: Lust und Energie etwas zu lernen sowie Kenntnisse der Rechtschreibung und Grammatik. Von diesem Buch erwarten Sie Hilfestellungen. Welche Hilfestellungen Sie erwarten können, erfahren Sie im nächsten Abschnitt.

Über den Inhalt und Aufbau des Buches

Im Mittelpunkt des Buches stehen Hilfestellungen für *alltägliche* Schreibanlässe wie ich sie im letzten Abschnitt genannt habe (Bericht, Antrag, Leserbrief, Protokoll usw.). Deshalb werden Sie, im Unterschied zu anderen Büchern dieser Art, keine Hinweise auf »Klassiker« der Literatur finden. Ich werde keine »ewigen Wahrheiten« über das Schreiben zitieren. Ich bin sicher, daß Sie aus der folgenden Bemerkung von Walter Benjamin, die gerne und häufig zitiert wird, keinen praktischen Nutzen ziehen können: »Eine Periode, die, metrisch konzipiert, nachträglich an einer einzigen Stelle im Rhythmus gestört wird, macht den schönsten

Prosasatz, der sich denken läßt.« Solche Zitate haben meist nur den einen Sinn: zu zeigen, daß der Autor viel gelesen hat. Diejenigen, die Rat zum Beispiel in Stilfragen suchen, werden eingeschüchtert. Ratschläge, die den Mut zum Schreiben nehmen, sind Schläge; sie führen zu Rückschlägen.

Sie finden in diesem Leitfaden auch keine »Muster«-Texte von »großen« Politikern oder Wissenschaftlern. Ich verkünde keine, bei Oberstudienräten sehr beliebte, »ehernen Regeln« guten Stils. Schließlich fehlen Plaudereien aus dem Nähkästchen des Profis, die vor allem Journalisten im Ruhestand schätzen. Der Leitfaden ist nüchtern und sachlich. Er verkündet keine Wahrheiten und schwelgt nicht in »eleganten« Stilfiguren. Was können Sie erwarten?

Ich stelle Ihnen zunächst die wichtigsten Stilelemente vor. Sie erfahren etwas über Wortwahl (Kapitel 1) und Satzbau (Kapitel 2). Ein guter Stil ergibt noch keinen Text. Und was »guter Stil« ist, hängt vom jeweiligen Anlaß, Ziel und Zweck des Schreibens ab. Die folgenden Kapitel beschäftigen sich daher mit unterschiedlichen Texten. Kapitel 3 behandelt in erster Linie journalistische Texte (z.B. Meldung und Bericht). Im vierten Kapitel finden Sie Hinweise zu Texten, die im Beruf oder in der Ausbildung geschrieben werden (z.B. Protokoll und Referat). Thema des fünften Kapitels sind Briefe. In jedem dieser Kapitel wird gefragt, wie der betreffende Text strukturiert werden kann und welche Besonderheiten zu beachten sind.

Vier Kapitel enthalten Übungen. Sie sollen das, was ich Ihnen empfehle, ausprobieren. Wenn Sie das Buch nur lesen, schmälern Sie Ihren Lernerfolg. Die Aufforderung, die Übungen nicht zu überspringen hat noch einen zweiten Grund: Nur wenn Sie die Übungen machen, haben Sie die Möglichkeit, den Nutzen, den Sinn (oder Unsinn) meiner Hinweise und Empfehlungen *praktisch* zu überprüfen. Machen Sie es bei der Arbeit mit diesem Buch wie es für Sie im Alltag sicher selbstverständlich ist: Übernehmen Sie nichts, was Sie nicht überprüft haben.

Ich wünsche mir und Ihnen, daß Sie bei der Arbeit mit dem Buch nicht nur Mühe, sondern gelegentlich auch Freude haben, daß Sie in dem einen oder anderen Abschnitt auch einmal schmunzeln können.

ERSTES KAPITEL

Über Wörter

Ich beginne mit dem kleinsten Textbaustein: mit dem Wort. In diesem Kapitel werden die für einen verständlichen Text wichtigsten Wortarten behandelt. Im Vordergrund stehen zunächst das Verb (Tätigkeits-, Zeitwort) und das Adjektiv (Eigenschaftswort). Verben und Adjektive sind besonders beliebte Quellen für Stilblüten; mit beiden beschäftige ich mich daher ausführlich. In den folgenden Abschnitten geht es dann um Fremdwörter und »Neudeutsch«, um Synonyme und Bilderorgien – und um Blödsinn.

I. Verben, Verben, nochmals Verben

Mögen Sie Behördendeutsch, lesen Sie gerne Amts- und Verwaltungsblätter? Wenn ja, dann blättern Sie bitte weiter zum nächsten Abschnitt. Wenn Ihnen, wie mir, Bürokraten*deutsch* mißfällt (Behörden*chinesisch* ist, meine ich, eine Beleidigung der Chinesen), dann wird Sie dieser Abschnitt interessieren.

Sie erkennen Behördendeutsch an der »Substantivitis«, an der Verwandlung von Verben in Substantive (Hauptwörter). Walter Heuer schreibt dazu:

> »Die Verben sind es, die unserer Sprache Leben einhauchen. Von den rund 400 000 Wörtern des deutschen Wortschatzes machen sie ein Viertel aus. Man sollte pfleglich mit diesen Lebensspendern umgehen, wenn unsere Sprache nicht versteinern soll. Leider scheint der Bazillus der Substantivitis, deren erstes Opfer die

sogenannte Kanzleisprache war, immer weitere Kreise anzustekken.«[1]

Wo liegen die Ursachen dieser Entwicklung? Eine entscheidende Ursache ist sicher, daß es in Ämtern nicht gerade lebhaft zugeht. Solange es eine Bürokratie gibt, so lange werden Bürokraten schreiben: »Bei *Unterbleiben* der sofortigen *Inangriffnahme* weiterer *Schulbauten* wird dem Land großer *Schaden erwachsen.*« Verständlicher und dynamischer ist: »Beginnt das Land nicht sofort, weitere Schulen zu bauen, so wird ihm das schaden.«

Mag man in Behörden ruhig weiter Kanzleideutsch schreiben. Nehmen Sie sich aber bitte einen solchen Stil nicht zum Vorbild. *Wenn Sie Bewegung, wenn Sie Handlung ausdrücken wollen, dann wählen Sie das dafür passende Wort: ein Verb.* Das fällt nicht immer leicht. Die Substantivitis, der Nominalstil[2], die »Hauptwörterei« ist längst nicht mehr nur ein Behördenleiden. Das wird sehr schön deutlich in dem Stil-Ratgeber von Edgar Neis. Dort ist zu lesen:

»Obwohl in nahezu sämtlichen Stilbüchern immer wieder darauf hingewiesen worden ist, daß *hauptwörtliche Fügungen*, Umschreibungen und lange *Substantivkoppelungen* vermieden werden sollen, sind Stilblüten dieser Art in der Umgangssprache vor allem der Geschäftswelt, der Behörden und der Massenmedien kaum auszurotten.«[3]

Der Stilexperte schreibt:
– »hauptwörtliche Fügungen« statt Hauptwörter aneinanderzufügen,
– »Substantivkoppelungen« statt Substantive zu koppeln.

Substantivitis!

---

1 Deutsch unter der Lupe, Zürich 1972, S. 48.

2 Nomen (lateinisch): Hauptwort, Substantiv (Mehrzahl: Nomina); Nominalstil: aneinandergereihte Nomina.

3 Verbessere Deinen Stil, Hollfeld 1974, S 33.

Der Nominalstil ist nicht nur schwerfällig. In der Regel ist ein Text auch um so schwerer zu verstehen, je weniger Verben er enthält. Meine Empfehlung lautet daher:

◆ **Vermeiden Sie Substantivierungen**

Vermeiden Sie
- die Inaugenschein*nahme*
- die Inangriff*nahme*
- die Inbetrieb*nahme*
- die Rücksicht*nahme*
- die Inschutz*nahme*
- die Zugänglichmach*ung*
- die Sprachbeherrsch*ung*
- die Erreich*ung*
- die Nachfrageerhöh*ung*
- die Erring*ung*
- die Instandsetz*ung*
- die Erschaff*ung*
- die Heranbild*ung*
- die Find*ung*
- die Fortbeweg*ung*
- die Verlangsam*ung*
- die Beinhalt*ung* (die häufig Bein-Haltung gelesen wird)
- die Erteil*ung*
- die Mittelaufbring*ung*
- usw.

Übung 1

Ersetzen Sie bitte die *kursiv* geschriebenen Nomina durch Verben:

Eine *Mehraufwendung* an Mitteln ist erforderlich.

____

____

Die *Unterbrechung* des Autorennens erfolgte durch fünf betrunkene Männer.

Die Gruppe diskutierte die rechtliche *Zulässigkeit* einer zwangsweisen *Einschränkung* des Rauchens am Arbeitsplatz.

Ein *Unterbleiben* der *Inangriffnahme* des Projekts wird dem Unternehmen großen Schaden zufügen.

Auf das *Verbot* der *Inanspruchnahme* des Parkplatzes haben wir hingewiesen.

Die *Lagerung* des Falls ist eine verwickelte.

Vergleichen Sie bitte Ihre Neuformulierungen mit meinen Vorschlägen, die Sie am Ende dieses Kapitels finden.

Die Empfehlung, Substantivierungen zu vermeiden, muß präzisiert werden: Vermeiden Sie Substantivierungen, *wenn ein Vorgang dynamisch ist.* (Wie gefällt Ihnen: Die Empfehlung zur Substantivierungsvermeidung bedarf der Präzisierung?)

Was ist beispielsweise »schief« an dem Satz: »Die plötzliche *Zuziehung* einer Verletzung erfolgte während der Abendstunden«? Auf die Dynamik, die mit »plötzlich« ausgedrückt wird, folgt statisch, schwerfällig »Zuziehung«.

Geschieht etwas regelmäßig und routiniert, ist ein Hauptwort durchaus angebracht, zum Beispiel:
- die *Zubereitung* der Mahlzeiten,
- die *Reinigung* des Schornsteins,
- die *Ziehung* der Lottozahlen.

Eine Substantivierung kann auch bei Überschriften bzw. Schlagzeilen angebracht sein, wenn es darauf ankommt, kurz und prägnant zu formulieren: »Anstieg des Rauschgifthandels« (statt: »Rauschgifthandel stieg an«).

> *Verben kennzeichnen Tätigkeiten, Hauptwörter stehen für Gegenstände (und regelmäßige, gleichförmige Vorgänge).* Wenn Sie unsicher sind, ob Sie ein Verb oder ein Hauptwort wählen sollen, *entscheiden Sie sich für das Verb.* (Scheußlich substantiviert: Im Falle eines Zweifels über die Wortwahl sollte die Entscheidung zugunsten eines Verbes getroffen werden.)

Die zweite Empfehlung lautet:

◆ Vermeiden Sie Funktionsverben

Funktionsverben, von Ludwig Reiners »Streckverben« genannt, sind keine echten Verben. Sie können nicht alleine stehen, sind auf ein Substantiv angewiesen. Ich zähle nur einige dieser Sprachblähungen auf:
- Beachtung schenken
- Stillschweigen wahren
- Abhilfe schaffen
- unter Beweis stellen

- in Erwägung ziehen
- zur Darstellung bringen
- Verzicht leisten
- Entwicklung nehmen
- Folge leisten
- in Erscheinung treten
- zur Anwendung bringen
- in die Flucht schlagen
- zum Stillstand bringen
- zur Durchführung bringen

Diese Funktionsverben sind nicht besser als Substantivierungen. Sie machen einen Text dröge. Schreiben Sie deshalb nicht: »Der Ankläger *stellte seine Behauptung unter Beweis.*« Schreiben Sie besser: »Der Ankläger *bewies* seine Behauptung.«

Übung 2

Finden Sie für folgende Streckverben echte Verben:

Bedeutung beimessen ____________________

zum Vorwurf machen ____________________

den Sieg davontragen ____________________

sie fand an ihm Gefallen ____________________

in Abrede stellen ____________________

in Verlust geraten ____________________

in Augenschein nehmen ____________________

Meine Vorschläge finden Sie am Ende dieses Kapitels.

Übung 3

Formulieren Sie bitte folgende Sätze neu. Vermeiden Sie Funktionsverben und einen Nominalstil.

Die Regierung schenkt der Alterssicherung Beachtung.

____

Die Oppositionsführerin stellte ihre politische Begabung unter Beweis.

____

Das Ensemble brachte ein Drama zur Darstellung.

____

Über den Reaktorunfall wurde Stillschweigen gewahrt.

____

Soll es eine Beteiligung von Einheiten der Bundeswehr an der UNO-Friedenstruppe geben?

____

Den Schwerpunkt der Kampagne bilden Aktionen in Großstädten unter Beteiligung von Fachkräften und Einrichtungen der Suchtvorbeugung.

____

____

Das Rauchen und Trinken führt in gesundheitlicher Hinsicht zu einer großen Beeinträchtigung.

____

____

Die Polizei schlägt die Demonstranten in die Flucht.

Als Frau wird man häufig vor die Notwendigkeit einer Entscheidung zwischen Kinderwunsch und Beruf gestellt.

Ein Verhältnis liegt im Falle der Weigerung eines Mannes und einer Frau vor, ihrer auch die sexuelle Intimität einbegreifende Beziehung eine öffentliche Rechtsform zu geben.

Erst kommt der Wald zu Tode, dann scheidet der Mensch aus dem Leben.

Vergleichen Sie bitte Ihre Formulierungen mit meinen Vorschlägen am Ende des Kapitels.

Für die dritte Empfehlung übernehme ich zwei Bezeichnungen von Wolf Schneider:

◆ Vermeiden Sie Luftwörter und Spreizverben

»*Luftwörter*« sind Verben wie bewirken und bewerkstelligen. Solche Verben machen einen Text holprig und steif. Schreiben Sie nicht: »Er bewirkte einen Aufschub.« »Er fragte, wie die Aufgabe zu bewerkstelligen sei.« Schreiben Sie besser: »Er erreichte einen Aufschub.« »Er fragte, wie die Aufgabe zu lösen (zu meistern, zu bewältigen) sei.«

Zu den »Luftwörtern« zähle ich auch alle Verben mit überflüssigen Vorsilben:

- *ab*ändern
- *ab*klären
- *ab*mildern
- *ab*sichern
- *ab*sinken
- *ab*stützen
- *ab*zielen
- *an*heben
- *an*kaufen
- *an*liefern
- *an*mieten
- *an*schwellen
- *an*steigen
- *an*wachsen
- *auf*spalten
- *auf*zeigen

Ändern ist ändern und mieten ist mieten. Die Vorsilben *ab* oder *an* sind nichts anderes als ein krampfhafter Versuch, ein Verb aufzublasen. Das mag modern sein, guter Stil ist es trotzdem nicht.

»Spreizverben« sind Verben wie vergegenwärtigen oder beinhalten. Was halten Sie von den folgenden Sätzen: »Das Buch beinhaltet viele anregende Überlegungen. Es vergegenwärtigt uns, daß viele Probleme noch ungelöst sind.« Ich meine: Sätze wie diese sind der verunglückte Versuch, sich »gewählt« auszudrükken. Sie sind steif und wirken gespreizt. Ich empfehle Ihnen, schlicht und treffend zu schreiben: »Das Buch enthält viele anregende Überlegungen. Es macht uns deutlich, daß noch zahlreiche Probleme ungelöst sind.«

Zusammenfassung:
Verben, Verben, nochmals Verben!

Buch-Tip:
Duden. Band 8: Die sinn- und sachverwandten Wörter und Wendungen. Wörterbuch der treffenden Ausdrücke.

Übungs-Tip:
Denken Sie sich ein Thema für eine kleine Geschichte aus, zum Beispiel: »Ferien auf dem Bauernhof«. Notieren Sie sich zu diesem Thema zehn Hauptwörter, zum Beispiel: Hühner, Kuhstall, Frühstück usw. Schreiben Sie dann eine *kleine* Geschichte, in der diese zehn Hauptwörter vorkommen. Versuchen Sie, möglichst viele lebendige Verben zu verwenden.

II. Adjektive: Der Test, bei dem viele durchfallen

Die Überschrift für diesen Abschnitt habe ich mir von E.A. Rauter[4] geborgt. Er bezeichnet das Eigenschaftswort als »gefräßige Falle«. Auch andere Autoren warnen davor, Adjektive zu verwenden. Wolf Schneider schreibt kurz und bestimmt: »Weg mit den Adjektiven!« In der Literatur wird gerne ein Ausspruch des Politikers Clemenceau (1841–1929) zitiert. Dieser soll, als er Schriftleiter einer Zeitung war, zu jungen Journalisten gesagt haben: »Bevor Sie ein Adjektiv schreiben, kommen Sie zu mir in den dritten Stock und fragen, ob es nötig ist.«

Diese Warnungen vor dem Adjektiv sind übertrieben. Clemenceau warnte beispielsweise nicht alle Kollegen, sondern *junge*. Das Eigenschaftswort *jung* wird also gebraucht – um zu unterscheiden. Die Warnungen sind übertrieben, aber nicht unbegründet: Adjektive werden oft falsch eingesetzt; Eigenschaftswörter ma-

4 Vom Umgang mit Wörtern, München 1980, S. 28.

chen einen Text häufig nicht interessanter, anschaulicher oder verständlicher, sondern holprig und kompliziert oder schlicht lächerlich. Ich weise Sie daher auch zunächst auf Fehlerquellen hin, und gehe erst dann auf die Frage ein, wann welche Adjektive nützlich und sinnvoll sind.

Wir begegnen Adjektiven in drei Formen:
- als Beifügung (Attribut): die fröhliche Frau,
- als Umstandswort (Adverb): die Frau singt fröhlich,
- als Satzaussage (Prädikat): die Frau ist fröhlich.

Die meisten Fehler, Ungereimtheiten und Schludereien passieren bei der Beifügung.

Tautologien, überflüssige Adjektive

Im »runden Kreis« erkennen wir sofort die Tautologie, eine Formulierung, die einen Sachverhalt doppelt wiedergibt. Es gibt keinen eckigen oder quadratischen Kreis. Der Kreis ist rund. Auch beim »weißen Schimmel« würden Sie schmunzeln. Schließen Sie aber bitte aus diesen einfachen Beispielen nicht, Sie würden Tautologien sofort erkennen, Sie würden überflüssige Adjektive stets vermeiden. Prüfen Sie sich!

Übung 4

Kreuzen Sie bitte alle Formulierungen an, die überflüssige Adjektive enthalten.

☐ Sie erlag ihren schweren Verletzungen.
☐ kleiner Zwerg
☐ lautes Geschrei
☐ Nur ein verheiratetes Ehepaar war eingeladen.
☐ schwere Verwüstungen
☐ gemeinschaftliches Zusammenwirken
☐ Sie staunten über die riesigen Wolkenkratzer.
☐ steile Felswände

- ☐ Fleißige Hände regten sich, um die Vorbereitungen rechtzeitig abzuschließen.
- ☐ restlos überzeugt

Meinen Kommentar finden Sie am Ende des Kapitels.

Doppelungen sind nicht immer sofort zu erkennen. Um überflüssige Adjektive zu vermeiden, müssen Sie nachdenken. Eine *Anlage* zu einem Schreiben ist immer *beigefügt* (also nicht: »beigefügte Anlage«). Und Wasser ist immer naß (also nicht: »nasses Wasser«). Bei Fremdwörtern, die Ihnen nicht geläufig sind, sollten Sie die genaue Wortbedeutung nachschlagen, um Doppelungen zu vermeiden. In dem Wort »Periode« ist »regelmäßig« schon enthalten. Eine *illegale* Handlung ist gesetzeswidrig. Schreiben Sie daher nicht: »Eine illegale, gesetzeswidrige Handlung«.

Phrasen und Schwulst

Wie ist die arme *Wahrheit*? – *Nackt.*

Und wie ist die tugendhafte *Wahrheit*? – *Rein.*

Was machen die *Fragen*? – Sie *brennen* lichterloh.

Die »nackte« und die »reine« Wahrheit sind Phrasen. Ebenso abgedroschen ist die Formulierung »brennende Fragen«. Vermeiden Sie Phrasen wie:

- nackte Wahrheit
- reine Wahrheit
- brennende Fragen
- voll und ganz (auch noch eine Doppelung!)
- weitreichender Beschluß
- vollendete Tatsachen
- übergroße (Mehrheit)
- unerschütterliche Grundlage
- unliebsame Störungen
- strengstes Stillschweigen
- vorrangiges Anliegen
- einzig und allein (auch noch eine Doppelung!)

- goldene Mitte
- nicht unerheblich
- eingehende Beratung
- unmißverständlich (darlegen)
- völlige Übereinstimmung
- felsenfester Glaube
- unausbleibliche Folge
- tiefgreifende Veränderungen
- schwerwiegender (Eingriff)
- usw.

Überlassen Sie das »eindrucksvolle Bekenntnis« und die »schwerwiegenden Bedenken« neidlos den Politikern. Die haben es nötig! Wenn nach »eingehender Beratung« in Bonn »weitreichende Beschlüsse« gefaßt werden, die ein »eindrucksvolles Bekenntnis« zur freien Marktwirtschaft »darstellen« – dann will man meist wortreich vermeiden, klar zu sagen: Im nächsten Jahr erhöhen wir die Steuern (oder die Beiträge zur Arbeitslosenversicherung). Der letzte Satz ist zwar verständlicher, klingt aber nicht gut in den Ohren der Wählerinnen und Wähler. Anders formuliert: Wenn Sie nichts zu verbergen haben, dann schreiben und sprechen Sie klar, direkt und verständlich.

Schreiben Sie	statt
80 Prozent	übergroße Mehrheit
Kompromiß	goldene Mitte
mir/uns ist wichtig	vorrangiges Anliegen
Dialog	Unter-vier-Augen-Gespräch
ungelöste/wichtige Fragen	brennende Fragen
Konsequenz/Folge	unausbleibliche Folge

◆ **Vermeiden Sie Phrasen und (Politiker-)Schwulst.**

Falsche Adjektive

Es ist modern geworden, Substantive in Adjektive zu verwandeln. Noch sind uns die »schamhaften« Haare erspart geblieben, noch wird, wenn es um die sogenannten Schamhaare geht, auch »Schamhaare« geschrieben. Aber sonst bleibt kaum ein Substantiv von der »Adjektivitis« verschont. Ein Kollege von mir erfand kürzlich folgende Zwischenüberschrift: »Dilemmatische Überlegungen«. Er wollte nicht sagen, daß seine Überlegungen in der Klemme stecken. Das hat er aber geschrieben. Er wollte sagen, daß er zu einem Dilemma Überlegungen anstellt. Hätte er es geschrieben, wäre ihm der Spott erspart geblieben.

Stellen Sie also keine *weltgeschichtlichen* Überlegungen an, wenn Sie sich Gedanken über die *Weltgeschichte* machen.

Machen Sie sich auch keine *gesundheitlichen* Gedanken, sondern kümmern Sie sich um Ihre *Gesundheit*.

Klagen Sie nicht über die *mittelständischen* Einkommensschmälerungen, wenn Ihnen mißfällt, daß die Einkommen des *Mittelstandes* geschmälert werden.

Geben Sie, wenn Sie in der SPD sind, kein *sozialdemokratisches* Dementi heraus. Veröffentlichen Sie ein Dementi der *Sozialdemokraten*.

Seien Sie kein *muffeliger* Gurtträger und auch kein *Gurtmuffel*.

Besuchen Sie kein *elterliches* Haus, wenn Sie sonntags zu ihrem *Elternhaus* fahren.

Halten Sie sich nicht lange im *kirchlichen* Bereich auf, gehen Sie lieber in die *Kirche*.

Verteidigen Sie nicht die *gesellschaftliche* Ordnung, wenn Sie Anhänger unserer *Gesellschaftsordnung* sind.

Schimpfen Sie nicht über fehlendes *umweltliches* Gefahrenbewußtsein, sondern unternehmen Sie etwas, damit mehr Menschen sich der Gefahren für die *Umwelt* bewußt werden.

Fragen Sie nicht nach einer *sitzenden* Tätigkeit, wenn Sie eine Stelle suchen, bei der Sie *im Sitzen* arbeiten können,

Sie mußten ja auch noch nie auf einen *dringenden* Ort, sondern allenfalls dringend auf die Toilette.

Wenn Sie einem Hauptwort ein Eigenschaftswort beifügen wollen, fragen Sie: *Kann dieses Hauptwort durch dieses Eigenschaftswort näher beschrieben werden?* Kann ein Haus *elterlich* sein? Nein. Ein Haus kann groß oder klein, alt oder neu, schön oder heruntergekommen sein – aber nicht *elterlich*. Es ist das Haus der Eltern, das Elternhaus.

Die Steigerung

Wenn Sie in der Werbebranche arbeiten, Ihr Geld als Vertreter verdienen oder für eine Boulevard-Zeitung schreiben, dann gelten die folgenden Hinweise für Sie nicht. Wo Dinge an den Mann oder die Frau gebracht werden sollen, wo der Verkauf zählt, regieren der Komparativ und vor allem der Superlativ[5], die Steigerung des Adjektivs. Da »wäscht YXZ so weiß, *weißer* geht's nicht«. Da ist vom *»weißesten* Weiß meines Lebens« die Rede. Alles (sprachlicher) Unsinn – und kein vernünftiger Mensch glaubt diesen Werbesprüchen. Der Superlativ ist marktschreierisch, ist verkaufsorientiert: Super-, Sonder-, Niedrigstpreise. *Verwenden Sie ihn*

---

5 Komparativ: 1. Steigerungsstufe (Vergleichsstufe): reicher als, kleiner als. Superlativ: 2. Steigerungsstufe (Höchststufe): reichste, kleinste.

deshalb sehr, sehr sparsam. Sie ersparen sich und anderen einen schlechten Stil und Dummheiten wie diese:
- immer einseitiger
- immer schwindelndere Höhen
- optimalste Bedingungen
- in keinster Weise
- die allerletzte Nachricht
- extremste Ansichten
- minimalste Übereinstimmungen.

Hier werden Steigerungen, zum Beispiel *optimal*, nochmals gesteigert. Um Aufmerksamkeit zu wecken, wird auch schon mal der falsche Teil eines zusammengesetzten Adjektivs gesteigert:
- bestgeordnetste Verhältnisse
- bestangezogenste Frau
- meistgelesenste Autorin.

Gemeint sind bestens geordnete Verhältnisse, die am besten angezogene Frau, die am meisten gelesene Autorin. Das wäre grammatisch richtig. Aber wer würde sich schon trauen, solche eindeutigen Behauptungen aufzustellen? Die Suche nach Sensation trieb folgende Stilblüte hervor: der zusehends schmalbrüstig*ere* linke Flügel der Partei. Versuchen Sie einmal, sich diesen »schmalbrüstigeren« linken Flügel vorzustellen! Gesagt werden sollte: Der linke Flügel der Partei wird *kleiner*. Angebracht ist demnach ein Adjektiv, das gesteigert werden kann: *klein*.

Gehen Sie sparsam mit Superlativen um. Verzichten Sie im Zweifelsfalle auf einen Superlativ (meist genügt ein Komparativ). Und beachten Sie bitte, daß sich viele Adjektive nicht steigern lassen.

Übung 5

Kreuzen Sie bitte die Adjektive an, die Ihrer Meinung nach gesteigert werden können.

- ☐ tot
- ☐ gold
- ☐ wahr
- ☐ zweiseitig
- ☐ schön
- ☐ allein
- ☐ alltäglich
- ☐ groß
- ☐ rund
- ☐ ideal
- ☐ zweideutig
- ☐ sorgenfrei
- ☐ arglos
- ☐ verärgert

Meinen Kommentar finden Sie am Kapitelende.

Vom Nutzen des Adjektivs

Mit dem Adjektiv verhält es sich wie mit vielen anderen Dingen im Leben: In Maßen ist es nützlich, hilfreich und belebend.

◆ **Adjektive dienen zur Unterscheidung bzw. Verdeutlichung.**

Das *grüne* Auto (nicht das *gelbe*).

Ein *moralisches* Gebot (kein *juristisches*).

◆ **Adjektive werden gebraucht, um etwas zu bewerten.**

Ein *interessantes* Buch (kein *langweiliges*).

◆ **Adjektive können Vorgänge und Situationen anschaulicher machen.**

In der Form des Attributs:
bedrückende Stille
gelassene Heiterkeit

In der Form des Adverbs:
Mühsam bewegten sie sich vorwärts.
Plötzlich kam ihr der Gedanke…

◆ **Mit Adjektiven können Überraschungen erzielt werden.**

»Die Königin fletschte *huldvoll* die Zähne.«[6]

»Der König fummelte sich *souverän* im Gesicht herum.«

Damit Adjektive ihre nützliche, hilfreiche und belebende Wirkung entfalten können, müssen Sie sorgfältig prüfen,
– ob ein Adjektiv notwendig ist,
– ob das gewählte Adjektiv passend ist.

Zu viele Adjektive schaden einem Text selbst dann, wenn sie treffend sind: »Der blonde, lebhafte, sparsame, erfahrene Lehrer.« Das ist zuviel des Guten – und somit schlecht. Es gilt also in jedem Falle: *Verwenden Sie Adjektive sparsam.* Als Faustregeln empfehle ich Ihnen: *Nicht mehr als zwei (passende!) Adjektive in einem Satz, besser weniger.*

Übung 6

Schreiben Sie bitte den folgenden Text um. Streichen Sie die überflüssigen Wörter, und ersetzen Sie Schwulst durch einfache Wörter.

In Ihrer Eigenschaft als Interessent für Kapitalanlagen sollten Sie bei Hinweglassung schwerwiegender Bedenken in Erwägung ziehen, ein Grundstück in ABC

---

6 Dieses und das folgende Beispiel sind dem Buch von Wolf Schneider entnommen: Deutsch für Profis, München 1985, S. 43.

käuflich zu erwerben. Eine Herabminderung seines Wertes ist auch angesichts des Baus eines Kraftwerkes praktisch nicht zu erwarten. In ähnlich gelagerten Fällen hat sich mit Hilfe einer Einflußnahme seitens der Landesregierung unverhältnismäßig viel erreichen lassen.

____

____

____

____

Vergleichen Sie Ihr Ergebnis mit meinem Vorschlag am Kapitelende.

Zusammenfassung:
Lesen Sie bitte noch einmal den letzten Absatz vor der Übung 6.

Buch-Tip:
Duden. Band 2: Das Stilwörterbuch.

Übungs-Tip:
Streichen Sie in der Wochenend-Ausgabe Ihrer Zeitung in drei bis vier Artikeln alle überflüssigen Adjektive an.

III. Fremdwörter, Modewörter und Silbenschleppzüge

Verfügen Sie über genügend kommunikative Kompetenz, um in einem Diskurs latente Spannungen und manifeste Dissonanzen nicht nur zu registrieren und affektiv zu bewältigen, sondern sie auch produktiv zu einem Konsens zu führen, der eine Diskurskontinuität gewährleistet? Oder treten in solchen Situationen mündlicher Textproduktion bei Ihnen Realitätsmystifizierungen auf, die Sie daran hindern, die konfliktären Faktoren des Diskursprozesses, die Attribuierungen, die transrationalen Vorgänge, die Ambivalenzen und Aggressionen zu reflektieren und zu verbalisieren?

Fremdwörter

Die beiden Sätze mögen genügen, um in das erste Thema dieses Abschnitts einzuführen: Fremdwörter. Ich bin sicher, daß Ihnen diese elf Zeilen nicht gefallen – mir auch nicht. Wer so schreibt, schreibt unnötig kompliziert. Wer so schreibt, hat kein Interesse, anderen etwas mitzuteilen. Wer so schreibt, will imponieren oder einschüchtern. Manche mögen es, wenn ein Fremdwort dem anderen folgt. »Spiegel«-Redakteure versuchen zum Beispiel, durch möglichst viele Fremdwörter zu beeindrucken. Es würde mich nicht wundern, in einem »Spiegel« den folgenden Satz zu finden: »Der Intelligenzquotient eines Agrarkulturökonomen ist reziprok proportional dem Volumen seiner Hackfruchtproduktion.« Ohne Angeberei und verständlicher liest sich diese (fragwürdige) Volksweisheit so: »Die dümmsten Bauern haben die dicksten Kartoffeln.«

Ich will nicht für eine Deutschtümelei plädieren. »Plädieren« ist ein Fremdwort, das Ihnen sicher vertraut ist. Sie werden wahrscheinlich auch ganz selbstverständlich folgende Fremdwörter benutzen (und nicht bei jedem wissen, daß es ein Fremdwort ist):

Adresse	Import	Qualität	Yoghurt
Bilanz	Jeans	reparieren	Zement
Café	Kopie	Spezialist	
direkt	Limonade	Termin	
Etage	mixen	Urne	
frankieren	Notar	vage	
gratis	offiziell	WC	
Humus	Patient	Xylophon	

Die Zeiten, in denen aus einem Patienten ein »Kränkling« werden sollte, sind zum Glück vorüber. Und »Kranker in ärztlicher Behandlung«, so die Erläuterung im Fremdwörter-Duden, ist wohl zu umständlich. Bleiben wir *Patienten*, *frankieren* wir unsere Briefe (statt sie freizumachen), setzen wir uns an den *Computer* (oder besser nicht?) und fragen wir *Experten*.

Es wäre Unsinn, Fremdwörter um jeden Preis zu vermeiden. Hans Lobentanzer versucht das, aus verständlichem Ärger über die Fachsprache der Pädagogen, Psychologen und Soziologen. So übersetzt er zum Beispiel *Motivationsdefizit* mit faul[7]. Das ist jedoch eine grobe Vereinfachung (unnötiges Fremdwort: *Simplifizierung*). Wenn ich nicht *motiviert* bin, dann heißt das noch lange nicht, daß ich *faul* bin.

Sinnvoll ist eine »gemäßigte Deutschschreibung« (R.W. Leonhardt).

Fremdwörter sind angebracht,

1. wenn sie verständlich sind, sich in der Umgangssprache eingebürgert haben.
Sie können voraussetzen, daß *Computer* ebenso (richtig oder falsch) verstanden wird wie *elektronische Rechenanlage* (so übersetzt der Fremdwörter-Duden). Sie können jedoch nicht voraussetzen, daß *Hardware* und *Software* bereits allen geläufige Ausdrücke sind;

2. wenn sie verständlich und treffend sind.
Ironie und *Humor* sind zwei verständliche Fremdwörter, die verschiedene Sachverhalte bezeichnen. Beide Wörter können nicht durch ein deutsches Wort mit der gleichen treffenden Bedeutung ersetzt werden;

---

7 Deutsch muß nicht schwer sein, München 1986, S. 148.

3. **wenn es ein entsprechendes deutsches Wort nicht gibt.**

Die *Psyche* ist nicht dasselbe wie die *Seele*. Für die englischen *Colleges* gibt es keine angemessene deutsche Übersetzung;

4. **wenn Lokalkolorit vermittelt werden soll.**

Die *Datscha* ist zwar ein *Wochenend-* bzw. *Ferienhaus*, doch diese Übersetzung trifft nicht diesen Wunschtraum vieler Menschen in Rußland (und in der ehemaligen DDR, wo dieses Wort, zumindest bis zur Vereinigung, fester Bestandteil der Alltagssprache war).

5. **wenn es auf der gleichen Stilebene kein passendes deutsches Wort gibt.**

Schwul ist noch häufig ein Schimpfwort. Und solange dies so ist, bleibt nur das Fremdwort *homosexuell*.

Wenn Sie in einem Text ein Fremdwort verwenden wollen, schreiben Sie zunächst die deutsche Übersetzung in Klammern dahinter. Prüfen Sie, wenn der Entwurf Ihres Textes fertig ist, ob das deutsche Wort oder das Fremdwort besser paßt. Kürzer: **Das Fremdwort muß verständlich und treffend sein.**

Modewörter

Viele Menschen sind heute nicht mehr niedergeschlagen, sondern *down*. Sie haben auch keinen Kater mehr, sondern einen *Hang-over*. Sie setzen sich nicht einfach zusammen an einen Tisch, um ein Gespräch zu führen. Nein, es muß schon ein *Round-table-Gespräch* (oder eine *Team*sitzung) sein. *Teamwork* ist beliebt, *Outsourcing* und *Lean Production* liegen im *Trend*, *Teach-ins* sind *out* – und beim *Snowboard-Instructor* können Sie Ihr *Know-how updaten*, wenn Sie nicht *Freestyle-climbing* bevorzugen.

Für diese »neudeutschen« Wörter gilt, was ich zuvor über Fremdwörter angemerkt habe: *Trend* ist weniger schwergängig als *Entwicklungsrichtung*, für den *Instructor* tut es auch *Lehrerin* oder *Lehrer* bzw. *Trainerin* oder *Trainer*. *Sit-in* ist kein *Einsitzen*, und auch kein *Sitzstreik*, sondern eine besondere Protestform (ursprünglich von Studenten). Für *Sit-in* gibt es kein treffendes deutsches Wort. Es gibt also Fälle, in denen zum Beispiel Anglizismen angebracht sind, weil sie einen Sachverhalt treffend benennen und kein angemessenes deutsches Wort zur Verfügung steht. (*Anglizismus* ist auch nur sehr schwerfällig deutsch auszudrücken. Der Fremdwörter-Duden schlägt vor: »englische Spracheigentümlichkeit in einer anderen Sprache«.) Meist gibt es für »neudeutsche« Ausdrücke bessere – weil treffendere – deutsche Wörter. Deshalb, nicht weil mir die »Reinheit« der deutschen Sprache am Herzen liegt, rate ich von vielen Modewörtern ab. Wenn *weich* in der Werbung *soft* oder *softig* wird, dann ist das kein Gewinn, sondern Blödsinn – wie auch die folgende Anzeige im »Berlin-Mitte-Anzeiger«: »Unsere Gäste sind begeistert! Zarte Lämmer werden *live* vor ihren Augen am Drehspieß gegrillt.«

Übung 7

Entscheiden Sie, ob es verständlichere und treffende deutsche Wörter gibt für:

- Trend
- Comic
- Fan-Club
- Party
- Pop-Star
- Skateboard
- Swimmingpool

Zu dieser Übung gibt es keine Musterlösung, nur zwei Hinweise: Ein *Pop*-Star ist kein *Schlager*-Star; die Übersetzung für *Swimmingpool*, die Sie im Fremdwörter-

Duden finden (*Schwimmbecken*), ist unzulänglich: Nicht jedes Schwimmbecken ist ein *Swimmingpool.* In dem Wort *Swimmingpool* ist enthalten, daß es ein nichtöffentliches Schwimmbecken ist (das einer Person, einer Familie oder einem Hotel gehört).

Silbenschleppzüge

Kurze Wörter erleichtern das Verständnis. Leider sind »Wortblähungen« modern. So begegnen uns häufig »Silbenschleppzüge«, die schwer zu verstehen sind:
- Reiserücktrittsversicherungspauschale
- Gesundheitskostendämpfungsgesetz
- Unfallverhütungsvorschriften
- Friedensforschungssondermittel
- Einkommenssteuerdurchführungsverordnung
- Produktionskapazitätserweiterung

Modern ist auch der Unsinn, schlichte aber treffende Worte aufzublähen:

- aus der Antwort wird die Rückantwort,
- aus der Erinnerung die Rückerinnerung,
- aus dem Stau der Rückstau,
- man festigt nicht mehr, sondern befestigt,
- man fürchtet nicht mehr, sondern befürchtet,
- und man hindert niemanden am Weitergehen, sondern behindert,
- die Aufgabe wird zur Aufgabenstellung,
- die Rücksicht zur Rücksichtnahme,
- Ziele verwandeln sich in Zielsetzungen oder Zielprojektionen,
- der Stuhl wird zur Sitzgelegenheit,
- aus Bäumen wird der Baumbestand.

◆ **Verwenden Sie, wenn möglich, kurze Wörter. Sie erleichtern das Verständnis.**

Kurze Wörter sind meist auch geläufiger und anschaulicher. Geläufiger als *Postwertzeichen* ist *Briefmarke.* Schreiben Sie *Telefonzelle* statt *öffentlicher Münzfernsprecher* und *Geisterfahrer* statt *Gegenrichtungsfahrbahnbenutzer.* Anschaulicher als *städtische Grünanlage* ist *Stadtpark.* Schreiben Sie *Dauerregen* statt *ergiebige Niederschläge.*

Übung 8

Schreiben Sie bitte folgende Sätze um:
In allen Veranstaltungen besteht für Jugendliche die Möglichkeit, sich mit der Suchtthematik auseinanderzusetzen und sich über Alternativen zum Suchtmittelgebrauch zu informieren.

____

____

____

Auch Eltern und anderen Bezugspersonen werden Informationen und Anregungen vermittelt, die einer möglichen Suchtentwicklung bereits frühzeitig entgegenwirken können.

____

____

____

Die Bürger draußen im Lande, erklärte der Regierungssprecher, seien mit der Einkommensteuergesetznovellierung einverstanden. Die Regierung gehe davon aus, daß sich im kommenden Haushaltsjahr die Steuereinnahmen erhöhen.

____

____

____

Meine Vorschläge stehen auf Seite 52.

Zusammenfassung:
Schreiben Sie gemäßigt Deutsch, vermeiden Sie Silbenschleppzüge.

Buch-Tip:
Duden. Band 5: Das Fremdwörterbuch.

Übungs-Tip:
Wenn Sie mit einem guten Textverarbeitungsprogramm (nicht zu vermeidender Silbenschleppzug!) arbeiten und zusammengesetzte Hauptwörter wie *Suchtmittelgebrauch* oder Modewörter wie *Candlelight-Party* vom Rechtschreibprogramm überprüfen lassen, lautet die Meldung: »Nicht im Wörterbuch«. Sie können also das Rechtschreibprogramm als Anhaltspunkt nutzen, um Silbenschleppzüge und Modewörter zu vermeiden. Versuchen Sie es einmal mit folgenden Wörtern: Trend, soft, cool, Friedensforschungsmittel, Know-how, Produktionskapazitätserweiterung, Teamwork.

IV. Vorsicht: Bilder! Achtung: Synonyme!

Im letzten Abschnitt dieses Kapitels erfahren Sie etwas über Bilder und Synonyme (bedeutungsähnliche, bedeutungsgleiche Wörter). Zur Einstimmung in das erste Thema blende ich zunächst eine kleine Szene aus einer – erfundenen – Diskussionsrunde ein.

Bilder

Die Achillesferse von Peter war sein Gedächtnis, an dem der Zahn der Zeit genagt hatte. So hatte er wieder einmal, gerade als er den springenden Punkt in der Diskussion ansprechen wollte, den roten Faden verloren. Die Gruppe zeigte ihm die kalte Schulter, niemand gab ihm ein Stichwort. Das war verständlich, denn Peter hatte sich mit seinem Beitrag zwischen alle Stühle gesetzt. Manche meinten, sein Beitrag würde dem Faß die Krone ins Gesicht schlagen. Nur Sabine dachte, daß Peters Kritik wie die Faust aufs Auge paßt.

Auf wenigen Zeilen acht Bilder bzw. Metaphern:
- die Achillesferse
- der Zahn der Zeit nagt
- der springende Punkt
- der rote Faden
- die kalte Schulter zeigen
- zwischen *allen* Stühlen sitzen
- dem Faß die *Krone* ins Gesicht schlagen
- wie die Faust aufs Auge passen.

Bilder können einen Text anschaulich machen. Eine Metapher, zum Beispiel *Achillesferse* statt *verwundbare Stelle*, kann einem Text Kraft geben. Zuviel des Guten schadet in jedem Falle. Ein Bild nach dem anderen, wie in der erfundenen Szene, ergibt eine Karikatur und keinen anschaulichen Text. Und: Bilder verblassen. Die *Spitze des Eisbergs* war einmal ein originelles Bild. Mittlerweile haben wir diese Formulierung hundertmal und mehr gelesen oder gehört. Sie ist langweilig geworden. Auch Bilder bzw. Metaphern wie die folgenden sind nicht mehr originell und erzeugen eher Überdruß als Lesevergnügen. Sie verfehlen also ihren Zweck.
- des Kaisers Bart
- Butterberg
- das Ende der Fahnenstange
- Währungsschlange

- das Kind mit dem Bade ausschütten
- in den Griff kriegen

Werner Raith[8] empfiehlt, solche Bilder nur dann zu verwenden, wenn man sie originell weiterführen kann. Er zitiert folgendes Beispiel aus einem Kommentar von Jürgen Möbus: »Diesmal genügte es der Regierung offenbar nicht, das Kind mit dem Bade auszuschütten; diesmal soll dem Kind auch noch Seife in die Augen gerieben werden.«

Es erfordert Arbeit, treffende Bilder zu finden. Selbst Vielschreiber greifen häufig daneben. Seien Sie deshalb vorsichtig, wenn Sie Bilder oder Metaphern verwenden. Prüfen Sie sorgfältig, ob Sie ein treffendes und originelles Bild gewählt haben. *Treffend* ist wichtiger als *originell*. Mit falschen Bildern blamieren Sie sich.

Übung 9

Lesen Sie bitte noch einmal meine »Einstimmung« ins Thema. Prüfen Sie bitte, welche Bilder falsch sind.

Falsch ist: ______________________________

Falsch ist: ______________________________

Meine Anmerkung folgt im nächsten Absatz.

Falsch wird ein Bild, wenn

- man zwischen *allen* Stühlen sitzt (das geht nicht, man kann höchstens zwischen zwei Stühlen sitzen),
- etwas dem Faß die *Krone ins Gesicht* schlägt (statt: das schlägt dem Faß den Boden aus),
- der springende Punkt irgendwo *liegt* (ein springender Punkt kann nicht liegen),

---

8 Gut schreiben, Frankfurt/Main, New York 1988, S. 112.

– man eine neue Laufbahn *ergreift* (eine Laufbahn kann man nicht ergreifen),
– über eine Wunde *Gras wächst* (dann sollte man schnell zum Arzt gehen),
– Fehler sich in *tragbaren* Grenzen halten (Grenzen können nicht getragen werden; gemeint ist: erträglich),
– die Flamme der Begeisterung *abebbt* (das kann nur der Flut passieren; Feuer erlischt),
– etwas in einem Teufelskreis *versinkt* (sinken kann ein Schiff im Wasser; zum Kreis paßt gehen oder laufen),
– in der Diskussion eine Spannung *klafft*,
– in eine Flaute *abgeglitten* wird.

Mit Bildern läßt sich noch mehr Unsinn anrichten, wenn man sie mischt. Bildermischungen können dann zu Bilderorgien werden. Ich führe nur einige solcher Stilblüten an, die durch Bildermischungen entstehen können: Manche hauen *»mit scharfen Zungen auf den Putz«*. In den »Stuttgarter Nachrichten« war zu lesen: »Lothar Späth beweist, daß er das *Ohr am Puls des Volkes* hat.« Gelegentlich meint ein Autor, *»der Zahn der Zeit* habe schon manche *Träne getrocknet«*.

Ich wiederhole: Treffende Bilder können einem Text »Farbe« geben. Aber seien Sie vorsichtig. Selbst Profis verwenden oft verbrauchte, abgegriffene Bilder.

◆ **Setzen Sie Bilder nicht um jeden Preis ein.**

◆ **Verwenden Sie Bilder nur dann, wenn sie einen Vorgang oder Sachverhalt wirklich anschaulicher machen.**

◆ **Vermeiden Sie Bilder, wenn sie zu Mißverständnissen führen können.**

Synonyme

Ich bin sicher, daß Sie in der Schule gelernt haben, daß zu einem »guten« Aufsatz ein Wechsel im Ausdruck gehört. Diese Empfehlung ist richtig und wichtig. Es ist kein guter Stil, wenn ich dreimal hintereinander das Wort »machen« verwende: »Er machte die Tür auf und ging sofort in die Küche und machte sich einen Kaffee. Dann machte er seine Hausaufgaben.« *Machte* kann wegfallen; weniger eintönig ist folgende Formulierung: »Er *öffnete* die Tür und ging sofort in die Küche, um Kaffee zu *kochen*. Dann *begann* er mit den Hausaufgaben.«

Die Empfehlung wird falsch, wenn sie absolut gesetzt wird. Von einem Wechsel im Ausdruck ist dann abzuraten, wenn die Verwendung von Synonymen

a) das Verständnis eines Textes erschwert,
b) zu verbrauchten Bildern und Klischees führt,
c) den Sinngehalt eines Textes verändert.

a) Häufig erschweren Pronomen (Fürworter) das Verständnis eines Textes. Wolf Schneider[9] macht das anschaulich deutlich am Beispiel eines Abschnitts aus dem Johannes-Evangelium. Dort heißt es: »Im Anfang war das Wort, und das Wort war bei Gott, und Gott war das Wort.« Dreimal *Wort* und dreimal *war* in einem Satz! Das würde jeden Deutschlehrer zur Verzweiflung bringen. Doch dieser Satz ist verständlich – und sehr eindringlich. Das kann für folgende Umformulierung nicht gesagt werden: »Am Anfag war das Wort. Es befand sich bei Gott, und letzterer war identisch mit ersterem.«

Übung 10

Versuchen Sie bitte, folgendes Rätsel zu lösen, das durch persönliche Fürwörter entsteht:

Peter und Petra sind verheiratet. Er arbeitet als Verwaltungsfachkraft im Gesundheitswesen, sie ist Polizeichef

9 Wolf Schneider: Deutsch für Profis, München 1985, S. 66.

von Hagen. Nach zwei Jahren Ehe brachte *er* eine Tochter zur Welt, dem *sie* ein liebevoller Vater war.

Des Rätsels Lösung: ______________________

Die Auflösung: *Er* steht im letzten Satz für *Polizeichef*, *sie* steht für *Verwaltungsfachkraft*. Die Aufgabe ist, zugegeben, nicht sehr seriös. Sie soll verdeutlichen, daß ein Text schwerverständlich werden kann, wenn um jeden Preis Pronomen verwendet werden. Machen Sie sich zur Regel: Es ist besser, gelegentlich ein Wort zu wiederholen, als das Verständnis eines Textes durch Pronomen oder andere Synonyme zu erschweren.

Aus der Zeitung kennen Sie folgende Synonyme: *Bonn* steht für die Bundesregierung. *Washington* für die Regierung der USA. Solche Synonyme sind so lange kein Problem, wie sie allgemeinverständlich sind. Aber wissen Sie wofür

- State Department,
- Algier,
- Ballhausplatz,
- Daressalam

stehen?

Das State Department ist das amerikanische Außenministerium, Algier wird in Nachrichten als Synonym für die Regierung von Algerien verwandt (»in Algier wurde beschlossen«). Am Ballhausplatz in Wien ist der Sitz der Regierung von Österreich, und Daressalam ist die Hauptstadt von Tansania.

Wenn Sie nicht die Allgemeinbildung der Menschen testen wollen, die Ihre Texte lesen sollen, dann verzichten Sie lieber auf solche und ähnliche Synonyme. Sie machen einen Text nicht besser. Synonyme haben häufig nur die Funktion, den Leserinnen und Lesern zu imponieren. Meine Empfehlung lautet dagegen: Beeindrucken Sie mit verständlichen (und interessanten)

Texten. Wiederholen Sie ein Wort, wenn es dem Textverständnis dient.

b) Die zwanghafte Suche nach Synonymen kann auch dazu führen, daß auf verbrauchte Bilder und Klischees zurückgegriffen wird:
- das Reh wird zum »Bambi«,
- der Elefant zum »Dickhäuter« oder »Jumbo«,
- Köln, Wien oder Frankfurt zur »Domstadt«, »Donaumetropole« bzw. »Mainmetropole«,
- ein Delphin heißt im zweiten Satz »Flipper«,
- aus dem Storch wird »Freund Adebar«,
- auf Kirche folgt »Gotteshaus«.

Und so geht es wenig originell weiter:
- Hase = »Meister Lampe«,
- Katze = »Muschi«,
- Hund = »Vierbeiner«,
- Dackel = »Waldi«,
- Wildschwein = »Schwarzkittel«,
- Ägypten = »Nilland«.

Für diese Synonyme gilt das, worauf ich im Abschitt über Bilder hingewiesen habe: Prüfen Sie, ob Ausdrücke wie *Vierbeiner, Domstadt* oder *Freund Adebar* einen Text wirklich verbessern. Wenn das nicht der Fall ist, verzichten Sie auf solche Synonyme.

c) Schließlich ist von Synonymen abzuraten, wenn Sie den Sinn eines Textes verändern. Für manche Wörter gibt es keine Synonyme. *Trinken* ist nicht identisch mit *saufen.* »Er *kippte* das Bier hinunter«, sagt etwas anderes als: »Er trank ein Bier«. Für Trinken gibt es keinen passenden Ersatz auf der *gleichen Stilebene. Regen* ist *Regen* (ein Oberbegriff). Sprühregen, Nieselregen, Platzregen, Schauer, Wolkenbruch usw. drücken eine jeweils *unterschiedliche Intensität* von Regen aus – sind also nicht synonym zu verwenden.

Übung 11

Suchen Sie ein Synonym für folgende Wörter:

- Verzeichnis ____________________
- Gesicht ____________________
- Inhaber ____________________
- Wind ____________________
- Nebenverdienst ____________________

Meinen Kommentar finden Sie am Ende des Kapitels.

Zusammenfassung:
Vorsicht bei der Verwendung von Bildern und Synonymen!

Buch-Tip:
Duden. Band 9: Das Bedeutungswörterbuch.

Übungs-Tip:
Schmökern Sie eine halbe Stunde im Duden Band 8 (vgl. den Buch-Tip auf der Seite 24) und Band 9, und machen Sie sich mit den beiden Nachschlagewerken vertraut.

Musterlösungen

Übung 1

- Eine Mehraufwendung an Mitteln ist erforderlich.
  Es müssen mehr Mittel eingesetzt werden.
- Die Unterbrechung des Autorennens erfolgte durch fünf betrunkene Männer.
  Fünf betrunkene Männer unterbrachen das Autorennen.
- Die Gruppe diskutierte die rechtliche Zulässigkeit einer zwangsweisen Einschränkung des Rauchens am Arbeitsplatz.
  Die Gruppe diskutierte, ob es rechtlich zulässig sei, das Rauchen am Arbeitsplatz durch Zwang einzuschränken.
- Ein Unterbleiben der Inangriffnahme des Projekts wird dem Unternehmen schaden.
  Es wird dem Unternehmen schaden, wenn es das Projekt nicht beginnt.
- Auf das Verbot der Inanspruchnahme des Parkplatzes haben wir hingewiesen.
  Wir haben darauf hingewiesen, daß es verboten ist, den Parkplatz zu benutzen.
- Die Lagerung des Falls ist eine verwickelte.
  Der Fall ist kompliziert. (*Lagerung* ist überflüssig.)

Übung 2

Bedeutung beimessen	beachten, wichtig nehmen
zum Vorwurf machen	vorwerfen
den Sieg davontragen	siegen, gewinnen
sie fand an ihm Gefallen	er gefiel ihr
in Abrede stellen	abstreiten
in Verlust geraten	verlieren
in Augenschein nehmen	betrachten, ansehen, untersuchen

Übung 3

- Die Regierung schenkt der Alterssicherung Beachtung.
  Die Regierung kümmert sich um die Alterssicherung.
- Die Oppositionsführerin stellte ihre politische Begabung unter Beweis.
  Die Oppositionsführerin bewies (demonstrierte) ihre politische Begabung.
- Das Ensemble brachte ein Drama zur Darstellung.
  Das Ensemble spielte (führte) ein Drama (auf).
- Über den Reaktorunfall wurde Stillschweigen gewahrt.
  Der Reaktorunfall wurde verschwiegen.
- Soll es eine Beteiligung von Einheiten der Bundeswehr an der UNO-Friedenstruppe geben?
  Sollen sich Einheiten der Bundeswehr an der UNO-Friedenstruppe beteiligen?
- Den Schwerpunkt der Kampagne bilden Aktionen in Großstädten unter Beteiligung von Fachkräften und Einrichtungen der Suchtvorbeugung.
  Aktionen in Großstädten sind Schwerpunkt der Kampagne, an denen sich Fachkräfte und Einrichtungen der Suchtvorbeugung beteiligen.
- Das Rauchen und Trinken führt in gesundheitlicher Hinsicht zu einer großen Beeinträchtigung.
  Rauchen und Trinken beeinträchtigt die (schadet der) Gesundheit.
- Die Polizei schlägt die Demonstranten in die Flucht.
  Die Polizei verjagt die Demonstranten.
- Als Frau wird man häufig vor die Notwendigkeit einer Entscheidung zwischen Kinderwunsch und Beruf gestellt.
  Frauen müssen häufig zwischen Kinderwunsch und Beruf entscheiden.
- Ein Verhältnis liegt im Falle der Weigerung eines Mannes und einer Frau vor, ihrer auch die sexuelle

Intimität einbegreifende Beziehung eine öffentliche Rechtsform zu geben.

»Ein Verhältnis liegt dann vor, wenn ein Mann und eine Frau sich weigern, ihrer auch die sexuelle Intimität einbegreifende Beziehung eine öffentliche Rechtsform zu geben.« – So lautet der § 2390 des neuen Katholischen Katechismus'.

Mit *öffentliche Rechtsform geben* ist schlicht heiraten gemeint. Eine *die sexuelle Intimität einbegreifende Beziehung* ist eine Beziehung, die Sexualität einschließt.

Noch einmal: Ein Verhältnis liegt dann vor, wenn ein Mann und eine Frau miteinander schlafen und sich weigern zu heiraten.

– Erst kommt der Wald zu Tode, dann scheidet der Mensch aus dem Leben.
  Erst stirbt der Wald, dann stirbt der Mensch.

Übung 4

– Sie erlag ihren schweren Verletzungen
  Kann man an leichten Verletzungen sterben?
– kleiner Zwerg
  Sind Zwerge nicht immer klein?
– lautes Geschrei
  Gibt es leises Geschrei?
– Nur ein verheiratetes Ehepaar war eingeladen.
  Ist Ihnen schon einmal ein unverheiratetes Ehepaar begegnet?
– schwere Verwüstungen
  Kennen Sie leichte Verwüstungen?
– gemeinschaftliches Zusammenwirken
  Können Sie sich ein Zusammenwirken ohne andere Menschen vorstellen?
– Sie staunten über die riesigen Wolkenkratzer.
  Haben Sie schon einmal kleine Wolkenkratzer gesehen?

– steile Felswände
  Wenn Sie hier kein Kreuz gemacht haben, ist das nicht weiter schlimm, denn eine exakte Formulierung setzt Fachwissen voraus: Ist eine Wand nicht steil, spricht man von einem Hang. Die Eigenschaft »steil« ist in dem Hauptwort »Felswand« schon enthalten.
– Fleißige Hände regten sich, um die Vorbereitungen rechtzeitig abzuschließen.
  »Faule Hände« können sich nicht regen. Grundsätzlich: Menschen können fleißig sein. Hände können schmutzig oder sauber, groß oder klein, gepflegt oder ungepflegt usw. sein.
– restlos überzeugt
  Bin ich nicht »restlos« überzeugt, dann bin ich nicht überzeugt, sondern *meine*. Ein »bißchen überzeugt« gibt es ebensowenig wie ein »bißchen schwanger«.

Übung 5

Nur »schön« und »groß« können sinnvoll gesteigert werden.

Übung 6

In Ihrer Eigenschaft als Interessent für Kapitalanlagen sollten Sie bei Hinweglassung schwerwiegender Bedenken in Erwägung ziehen, ein Grundstück in ABC käuflich zu erwerben. Eine Herabminderung seines Wertes ist auch angesichts des Baus eines Kraftwerkes praktisch nicht zu erwarten. In ähnlich gelagerten Fällen hat sich mit Hilfe einer Einflußnahme seitens der Landesregierung unverhältnismäßig viel erreichen lassen.

– *in ihrer Eigenschaft* ist überflüssig,
– *bei Hinweglassung* läßt sich durch *ohne* ersetzen,

- *schwere Bedenken* wiegen auch schwer, es müssen keine *schwerwiegenden Bedenken* sein,
- für *in Erwägung ziehen* genügt *erwägen*,
- und für *käuflich erwerben* reicht *kaufen*,
- eine Minderung geht immer nach unten, man braucht also keine *Herabminderung*,
- *auch angesichts* – *trotz* tut es auch,
- *praktisch* kann gestrichen werden, das Wort ist überflüssig,
- *ähnlich gelagerte Fälle* sind schlicht *ähnliche Fälle*,
- *mit Hilfe einer Einflußnahme seitens* – entweder *mit Hilfe* oder *durch Einfluß*,
- wenn mit *unverhältnismäßig* mehr als *viel* gemeint sein sollte, dann kann man *sehr viel* schreiben.

Eine Neufassung, die sich eng an die Vorlage hält, liest sich so: Als Interessent für Kapitalanlagen sollten Sie ohne schwere Bedenken erwägen, ein Grundstück in ABC zu kaufen. Eine Wertminderung ist trotz des Baus eines Kraftwerkes nicht zu erwarten. In ähnlichen Fällen hat sich mit Hilfe der Landesregierung sehr viel erreichen lassen.
Kein eleganter aber ein lesbarer (und kürzerer) Text.

Übung 8

- In allen Veranstaltungen besteht für Jugendliche die Möglichkeit, sich mit der Suchtthematik auseinanderzusetzen und sich über Alternativen zum Suchtmittelgebrauch zu informieren.
  Können kann leicht *besteht die Möglichkeit* ersetzen. Aus dem *Thema* muß keine *Thematik* gemacht werden.
  Der *Suchtmittelgebrauch* ist auch als Wort scheußlich. Der *Gebrauch* kann ersatzlos gestrichen werden. Anschaulicher finde ich den Satz, wenn die Suchtmittel beim Namen genannt werden.

In allen Veranstaltungen können sich Jugendliche mit dem Thema Sucht auseinandersetzen und sich über Alternativen zu Zigaretten, Alkohol, Haschisch und anderen Drogen informieren.

– Auch Eltern und anderen Bezugspersonen werden Informationen und Anregungen vermittelt, die einer möglichen Suchtentwicklung bereits frühzeitig entgegenwirken können.
Mit *Eltern* und dem Wort *Bezugspersonen*, gegen das in der Welt der Pädagogen und Soziologinnen nichts einzuwenden ist, sind wohl Erwachsene gemeint. Statt *die einer* müßte es heißen: »wie sie einer ...«, denn nicht die Informationen, sondern die Erwachsenen können etwas tun gegen eine *mögliche Suchtentwicklung*, die wir auch im Satz verhindern:
Erwachsene erhalten Informationen und Anregungen, wie sie frühzeitig verhindern können, daß ihre Kinder süchtig werden.

– Die Bürger draußen im Lande, erklärte der Regierungssprecher, seien mit der Einkommensteuergesetznovellierung einverstanden. Die Regierung gehe davon aus, daß sich im kommenden Haushaltsjahr die Steuereinnahmen erhöhen.
Draußen im Lande ist eine törichte Floskel, die ersatzlos gestrichen werden kann. Die *Novellierung* des *Gesetzes* zur *Einkommensteuer* ist zwar steifer Nominalstil aber immer noch besser als *Einkommensteuergesetznovellierung. Davon ausgehen* ist eine modische Sprachschluderei, gemeint ist: *vermuten, erwarten* oder *voraussetzen.*
Der Regierungssprecher erklärte, die Bürger seien mit der Novellierung des Gesetzes zur Einkommensteuer einverstanden. Die Regierung erwartet, daß sich im kommenden Haushaltsjahr die Steuereinnahmen erhöhen.

Übung 11

– Verzeichnis
  Aufstellung
– Gesicht
  Für Gesicht gibt es keinen passenden Ausdruck auf der gleichen Stilebene. *Fratze, Antlitz, Angesicht, Visage* oder *Fresse* bedeuten etwas anderes.
– Inhaber
  Eigentümer
– Wind
  Wind ist ein Oberbegriff, für den es kein Synonym gibt. *Sturm, Orkan, Wirbelwind, Brise, (Durch-)Zug* drücken eine unterschiedliche Intensität von *Wind* aus.
– Nebenverdienst
  Zusatzverdienst, zusätzliche Einnahme, Nebeneinnahme

ZWEITES KAPITEL

Über Sätze

Ich beginne mit einer Zumutung:

> »Je nachdrücklicher die Gefahren im Modernisierungsprozeß anwachsen, je offensichtlicher dabei Zentralwerte der Allgemeinheit bedroht sind und je deutlicher dies ins Bewußtsein aller tritt, desto tiefgreifender wird das eingespielte arbeitsteilige Macht- und Kompetenzgefüge im Verhältnis zwischen Wirtschaft, Politik und Öffentlichkeit erschüttert, und desto wahrscheinlicher ist es, daß unter dem Segel der drohenden Gefahr Verantwortlichkeiten umdefiniert, Handlungskompetenz zentralisiert und alle Einzelheiten des Modernisierungsprozesses mit bürokratischen Kontrollen und Planungen überzogen werden.«[10]

Alles klar? Vielleicht – beim zweiten oder dritten Lesen. Aber wer mag schon jeden Satz zwei- oder dreimal lesen? Ich vermute: Wenige haben dazu Zeit und Lust. Es empfiehlt sich daher, Wörter so zusammenzufügen, daß verständliche Sätze dabei herauskommen. Wie das geht, ist Thema dieses Kapitels.

I. Kurze oder lange Sätze?

»Kurze Sätze, bitte!« wird wahrscheinlich Ihre spontane Antwort lauten, wenn Sie sich durch das Satzmonster zu Beginn des Kapitels gequält haben. 68 Worte in einem Satz verschachtelt sind einfach zuviel. »Lange Sätze, bitte!« wird vielleicht Ihre Antwort lauten, wenn Sie sich an Ihren Deutschunterricht erinnern. Ich jeden-

---

10 Ulrich Beck: Risikogesellschaft. Auf dem Weg in eine andere Moderne, Frankfurt/Main 1986, S. 104.

falls wurde belehrt, die mit großer Kunst geformten langen Sätze von Thomas Mann seien vorbildlich. Kurze oder lange Sätze?

Thomas Mann in allen Ehren, doch bei Sachtexten geht es nicht um Literatur. An erster Stelle steht das Kriterium *Verständlichkeit*. Verständlichkeit ist zwar nicht alles, aber ohne Verständlichkeit ist alles nichts. Kurze Sätze sind meistens verständlicher und lesen sich oft angenehmer als lange Sätze. Liegt also in der Kürze die Würze? Ja. Man kann allerdings zuviel des Guten tun. Ein Beispiel aus dem Stil-Ratgeber von R.W. Schirm:

> »Man kann unsere Zeit die Zeit der Elektronik nennen. Besser noch: Die Zeit der Information. Noch nie war Information so wichtig. Wir leben in komplizierten Systemen. Nur ein Netz von Informationen hält diese Systeme zusammen. Der unmittelbare Kontakt wird seltener. Entfernungen spielen keine Rolle: Menschen müssen Informationen austauschen.«[11]

Das sind sicher verständliche Sätze. Doch wer mag einen längeren Text in diesem »Hackstil« lesen? Es ermüdet, wenn ein Minisatz dem anderen folgt. Aus der richtigen Einsicht, daß Schachtelsätze das Verständnis von Texten erschweren, wird hier die falsche Konsequenz gezogen, Hauptsatz an Hauptsatz zu reihen. Das Ergebnis ist ein schleppender »Asthmastil«. Es ist nichts gewonnen, wenn die Leserinnen und Leser zwar jeden Satz verstehen, aber nach dem fünften oder sechsten Minisatz gelangweilt den Text weglegen.

Ich bin sehr skeptisch gegenüber Aussagen über die »richtige« Satzlänge. Nicht jeder lange Satz ist unverständlich und nicht jeder kurze verständlich und informativ. »Lehrer wollen wieder streiken.« Ein typischer – kurzer – Satz aus der *Bildzeitung*. Reden die Lehrer nur über Streik? Oder haben sie beschlossen zu streiken?

---

11 Kürzer, knapper, präziser. Der neue Mitteilungsstil moderner Führungskräfte, Düsseldorf 1970, S. 9.

(Und: Was wollen die Lehrerinnen?) Ein kurzer, verständlicher Satz, der unvollständig informiert.

Besonders in der Werbung wird viel mit kurzen Sätzen gearbeitet:
»Otto? Find' ich gut!«,
»Hertie hat's«,
»Weiter so, Deutschland – CDU«,
»Coca Cola is it«.

Möchten Sie Berichte, Briefe oder andere längere Texte in diesem Stil lesen? Was halten Sie von folgendem Urlaubsgruß?
»Lieber Kurt,
Italien? Find' ich gut. Florenz hat's. Italienische Küche is it. Weiter so, Urlaub – Helga und Franz.«

Bleiben wir beim Urlaub. Ein Bericht über einen USA-Aufenthalt ist nicht sehr anschaulich, wenn er aus Sätzen wie den folgenden besteht: »Das Frühstück fanden wir nicht gut. Unser Mietwagen war sehr alt.« Um Farbe in diese Sätze zu bekommen, brauche ich ein paar Worte mehr. Ich beschreibe, was *nicht gut* war: Dünner Kaffee, trockene Hörnchen, ein kleines Stück Butter und ein Klecks Marmelade. Das nannten sie »Kontinentales Frühstück«. Oder ich finde ein Bild für *alt*. »Der Mietwagen war wohl während Eisenhowers Präsidentschaft angeschafft worden.« In der Kürze liegt also nicht immer die Würze.

Ich mußte mich als Kommunalpolitiker häufig mit Sätzen wie diesem herumschlagen: »Nach Art. 73 Abs. 2 VvB in Verbindung mit §§ 4 (1) und 12 des BezVG vom 13.12.74 sind für die Haushaltsführung Haushaltspläne aufzustellen.« Ein Satz ohne jedes überflüssige Wort, kurz und korrekt. Aber nur für Eingeweihte verständlich. Nicht viel anders sehen Einkommensteuer-Bescheide, Schreiben von Gerichten, Arbeitsämtern und anderen Behörden aus. Die Absender schreiben sowenig wie möglich, um sich Arbeit zu sparen. Sie bürden die Arbeit lieber den Leserinnen und Lesern auf. Andere schreiben lange Sätze, weil sie sich nicht die Mühe machen wollen, einen Sachverhalt knapp und präzise auszudrücken. Wer sich keine Mühe gibt, schreibt weder mit langen noch mit kurzen Sätzen verständlich.

Kurze oder lange Sätze? Jeder Satz sollte das Ergebnis von Arbeit sein, Resultat der Überlegungen,
- ob bestimmte Wörter überflüssig sind oder nicht,
- ob ein Sachverhalt besser in zwei Sätzen als in einem Satz ausgedrückt werden kann.

Unter dieser Voraussetzung ist ausnahmsweise einmal der Mittelweg wirklich der »goldene«:

◆ **Wechseln Sie zwischen kürzeren und längeren Sätzen.**

Übung 1

Bei der *Deutschen Presseagentur* gelten 20 Wörter als Obergrenze der erwünschten Satzlänge. In der *Bildzeitung* haben die Sätze durchschnittlich 12 Wörter. Im folgenden sind einige Sätze angeführt, die zwar diesem Kürze-Ideal entsprechen, aber trotzdem mißverständlich oder holprig sind. Formulieren Sie die Sätze um.

An der dem Fenster gegenüberliegenden Wand hängt eine Kuckucksuhr.

____

Der von der vom rechten Flügel der Partei geäußerten Kritik unbelastete Parteichef reiste nach Paris.

____

____

Das Kind begleitete die Mutter gerne auf den Spielplatz.

Dieses von seinem Vater übernommene Minderwertigkeitsgefühl machte ihm 30 Jahre lang das Leben schwer.

Von den in Großstädten lebenden Menschen wird zu häufig für Kurzstrecken das Auto benutzt.

Meine Vorschläge finden Sie am Ende des Kapitels.

Übung 2

Kürzen Sie folgende Sätze:

Die gemachten Aussagen sind klar formuliert.

Zahlreiche Gründe sind die Ursachen der Arbeitslosigkeit in Europa.

»Zu den produktiven Fertigkeiten rechnen wir: Sprechen auf mündlicher Basis und Schreiben auf schriftlicher Basis.«

Wir sind in der Lage, Ihnen die bestellten Bücher zu liefern.

In ähnlich gelagerten Fällen wurde so verfahren.

Wir gewähren Ihnen einen Rabatt in Höhe von zehn Prozent.

Der junge Mann konnte keinerlei finanzielle Mittel aufweisen.

Von der Kostenseite her gesehen ist dieses Forschungsprojekt zu teuer

Meine Vorschläge stehen am Ende des Kapitels.

Zusammenfassung:
Der einzelne Satz sollte verständlich und der gesamte Text flüssig zu lesen sein. Packen Sie deshalb nicht zu viel in den Hauptsatz, und fallen sie nicht in einen Hackstil. Wechseln sie zwischen mäßig kurzen und mäßig langen Sätzen.

Buch-Tip:
Eine Empfehlung für das gesamte zweite Kapitel: Duden. Band 4: Die Grammatik (die Abschnitte über den Satzbau).

Übungs-Tip:
Ob Sätze verständlich sind oder nicht, hängt auch von der Wortwahl ab. Blättern Sie zurück zum ersten Kapitel, und lesen Sie nochmals die hervorgehobenen Empfehlungen.

II. Schachtelsätze

Das Hauptübel vieler Sätze ist nicht ihre Länge, sondern die Bauweise. An erster Stelle auf der Problemskala steht der Schachtelsatz. Was ist das? »Ich sprang, als der Wecker klingelte, sofort aus dem Bett«, ist ein Schachtelsatz: Zwischen dem Hauptsatz (»ich sprang sofort aus dem Bett) steht ein Nebensatz (»als der Wecker klingelte«). Eine »Schachtel« ist meist noch kein Problem. Auch dann noch nicht, wenn Satzgegenstand und Satzaussage getrennt werden: »Das *Lokal,* das an der Straße nach Offenbach liegt, *ist* im Winter *geschlossen.*«

Vielen ist allerdings eine Schachtel zuwenig: »Ich sprang, als der Wecker klingelt, den ich auf die Truhe gestellt hatte, sofort aus dem Bett.« Noch mehr Nebensätze zwischen dem Hauptsatz sind eine Zumutung: »Ich sprang, als der Wecker klingelte, den ich auf die Truhe gestellt hatte, die neben dem Eichenschrank steht, sofort aus dem Bett.«

Die Zumutung wird zur Katastrophe, wenn auch noch die Nebensätze verschachtelt werden: »Ich sprang, als der Wecker, den ich auf die Truhe, die neben dem Eichenschrank steht, gestellt hatte, klingelte, sofort aus dem Bett.« Dabei ist dieser Satz mit 23 Wörtern nicht besonders lang. Es geht aber auch anders: »Der Stil nun, der Gefahr läuft, durch seine langen verwickelten Sätze selbst den gutmütigsten Leser zu verprellen, tatsächlich doch in seinem Aufbau die komplexe Struktur der sozialen Welt wiederzugeben sucht, und dies mittels einer Sprache, die Disparatestes zu einer – in sich zugleich durch seine rigorose Perspektive hierarchisierten – Einheit fügt, verdankt sich dem Willen, die traditionellen Formen des Ausdrucks aus Literatur, Philosophie und Wissenschaft soweit wie möglich auszuschöpfen, um auf diese Weise nicht nur Dinge zu Wort kommen zu lassen, die bislang daraus de facto oder de jure verbannt waren, sondern auch jedes Abgleiten der Lektüre in die Vereinfachung des weltläufigen Essayismus oder der politischen Polemik zu hintertreiben.«[12] Wie lautet der Hauptsatz, was ist die Hauptsache? Deshalb:

◆ **Vermeiden Sie Schachtelsätze**

Wie lassen sich Schachtelsätze vermeiden? Eine erste Antwort lautet:

◆ **Nebensätze anhängen**

Schreiben Sie nicht verschachtelt:
»Sie hatte, als der Bundeskanzler, der von seinem Staatsminister informiert worden war, eintraf, der Presse ihren Rücktritt bereits mitgeteilt.«

Hängen Sie die Nebensätze an den Hauptsatz:

»Sie hatte ihren Rücktritt der Presse bereits mitgeteilt (Hauptsatz), als der Kanzler eintraf (Nebensatz 1), der von seinem Staatsminister informiert worden war (Nebensatz 2).«

Mehr als zwei angehängte Nebensätze sollten Sie allerdings vermeiden, da sonst »Bandwurmsätze« entstehen: »Ich sprang sofort aus dem Bett, als der Wecker

---

12 Pierre Bourdieu: Die feinen Unterschiede. Kritik der gesellschaftlichen Urteilskraft, Frankfurt/Main 1982, S. 14.

läutete, den ich auf die Truhe gestellt hatte, die neben dem Eichenschrank steht.« Hier folgt nach dem Hauptsatz Nebensatz auf Nebensatz. Ein solcher Bandwurmsatz ist verständlicher als ein Schachtelsatz. Doch solche Nebensatzreihen wirken meist langweilig, besonders wenn alle Nebensätze mit rückbezüglichen Fürwörtern oder mit *daß* beginnen:

»Ich sprang sofort aus dem Bett, als der Wecker läutete, *den* ich auf die Truhe gestellt hatte, *die* neben dem Eichenschrank steht, *den* mir meine Mutter geschenkt hatte, *die* in der Möbelbranche arbeitet.«
»Sie sagte, *daß* sie sich dagegen wehren wird, *daß* ihr Fahrlehrer ständig darauf anspiele, *daß* sie...«

Übung 3

Formulieren Sie die folgenden Sätze so um, daß die Nebensätze nach dem Hauptsatz stehen.

Künftig können, wenn das aus Umweltschutzgründen notwendig sein sollte, die Bundesländer schon unterhalb der Smog-Schwelle Fahrverbote verhängen.

Wenn künftig lokal und regional Fahrverbote leichter verordnet werden können, sei ein stärkerer Trend zu schadstoffarmen Autos zu erwarten, erklärte Umweltminister Töpfer.

Meine Vorschläge finden Sie am Ende des Kapitels.

Schachtelsätze vermeiden Sie, zweitens, wenn Sie aus einem langen Satz

◆ **mehrere Sätze bilden**

Schreiben Sie nicht:
»Vor einer Fortsetzung der Diskussion über schwarz-grüne Bündnisse, die nach dem Erfolg von rot-grün bei den Landtagswahlen in Hessen, ausgelöst durch ein neues Buch des stellvertretenden Fraktionsvorsitzenden, in der Union wieder aufgekommen war, warnte auf einer Klausurtagung, die am Wochenende in der Nähe von Bonn stattfand, der Bundeskanzler seine Partei.« (1 Satz, 50 Wörter)

Flüssiger und verständlicher sind drei Sätze:
»Der Bundeskanzler warnte am Wochenende auf einer Klausurtagung seine Partei vor einer Fortsetzung der Diskussion über schwarz-grüne Bündnisse, die nach dem Erfolg von rot-grün bei den Landtagswahlen in Hessen wieder aufgekommen war. Ausgelöst hatte die Auseinandersetzung ein neues Buch des stellvertretenden Fraktionsvorsitzenden. Die Klausurtagung fand in der Nähe von Bonn statt.« (3 Sätze, 51 Wörter)

Schachtelsätze vermeiden Sie, drittens, wenn

◆ **die Satzaussage dicht beim Satzgegenstand** steht.

Beliebt sind dagegen Schachtelsätze wie dieser:
»Der DGB, der unter den Vorzeichen eines kontinuierlichen Rückgangs der Mitgliederzahlen vor allen in den neuen Bundesländern und anhaltend hoher Arbeitslosigkeit trotz zunehmend voller Auftragsbücher in den meisten Branchen einen neuen Vorsitzenden – ein Mann mußte es wieder sein – wählte, steht vor erheblichen finanziellen Problemen.«

Mark Twain kommentiert diese deutsche Unsitte so: »Wenn der deutsche Schriftsteller in einen Satz taucht, dann hat man ihn die längste Zeit gesehen, bis er auf der anderen Seite seines Ozeans wieder auftaucht mit seinem Verbum im Mund.«

Nicht nur deutsche Literaten stellen die Satzaussage gerne an das Satzende. Ein Blick in Zeitungen und Zeitschriften zeigt, daß auch viele Journalistinnen und Journalisten eine Vorliebe dafür haben, erst nach über 30 Wörtern mit der Satzaussage herauszurücken. Verständlicher ist der Satz über den DGB, wenn er mit dem Satzgegenstand und der Satzaussage beginnt: »Der DGB steht vor erheblichen Problemen.« Jetzt kann man anhängen: »..., die Ergebnis eines kontinuierlichen Rückgangs der Mitgliederzahlen sind.« Nun beginnt ein neuer Satz, in dem über die weiteren Zusammenhänge und Fakten informiert wird. Damit sind die ersten drei Empfehlungen berücksichtigt:
- aus einem langen Satz werden mehrere überschaubare Sätze gebildet,
- der Nebensatz (»die Ergebnis eines«) wird an den Hauptsatz (»Der DGB steht vor erheblichen finanziellen Problemen«) angehängt,
- der Satzgegenstand und die Satzaussage stehen dicht beieinander.

Man kann den Leserinnen und Lesern noch mehr zumuten als das, was Mark Twain als typisch deutschen Satzbau karikiert. Man kann im Hauptsatz Satzgegenstand und Satzaussage auseinanderreißen – und in eingeschobenen Nebensätzen. Ein gerne zitiertes (konstruiertes) Beispiel zeigt, wie das geht: »Derjenige, der den, der das Ortsschild, das auf der Straße, die zum Dorfplatz führt, steht, beschädigt hat, überführt, erhält eine Belohnung aus der Gemeindekasse.«

Übung 4

Schreiben Sie den letzten Satz so um, daß
1. der Hauptsatz am Anfang steht,
2. in den angehängten Nebensätzen Satzgegenstand und Satzaussage zusammenstehen.

Meinen Kommentar finden Sie am Ende des Kapitels.

Stellen Sie, viertens,

- **Satzgegenstand und Satzaussage an den Anfang des Satzes**

Schreiben Sie nicht:
»Als eine Phase, ›die zur Schwächung des Gegners genutzt werden soll‹, wird, nach Darstellung der Illustrierten *Stern,* die sowjetische Politik der Koexistenz und Abrüstung, die sich unter Michail Gorbatschow durchgesetzt hat, vom Generalinspekteur der Bundeswehr, Dieter Wellershoff, beurteilt.«
Nach 32 Worten erfährt man in dieser Meldung, von wem die Rede ist. Der Herr Generalinspekteur muß, jedenfalls in diesem Satz, nach vorn:
»Der Generalinspekteur der Bundeswehr, Dieter Wellershoff, erklärte, die sowjetische Politik der Koexistenz und Abrüstung, die sich unter Michail Gorbatschow durchgesetzt hat, sei eine Phase, ›die zur Schwächung des Gegners genutzt werden soll‹. Das berichtet die Illustrierte *Stern.*«

Machen Sie sich zur Schreib-Maxime:

- **Zunächst Satzgegenstand und Satzaussage, dann alles weitere.**

Schreiben Sie nicht:
»Gestern abend, der Regen hatte stark nachgelassen, die Arbeit, die bis zum Monatsende abgeliefert werden muß, war im Lauf des Tages fast fertig geworden, besuchte ich meine Eltern.«
Nennen Sie das Wichtigste zuerst:
»Gestern abend besuchte ich meine Eltern.« Kommen Sie dann auf die näheren Umstände zu sprechen: »Tagsüber hatte ich die Arbeit fast abgeschlossen, die bis zum Monatsende abgeliefert werden muß. Als ich die Wohnung verließ, regnete es kaum noch.«

Übung 5

Schreiben Sie die folgende Sätze so um, daß Satzgegenstand und Satzaussage möglichst dicht zusammen und am Anfang des Satzes stehen.

Ihre Kritik an Generalinspekteur Wellershoff, der mit einem »Leitfaden« zur politischen Bildung in der Truppe Aufsehen erregt hatte, bekräftigte gestern die SPD.

____

____

Wenn ein Verlag, der auf die Veröffentlichung marxistischer Literatur spezialisiert ist, eine Frauen-Krimi-Reihe herausgibt, verdient das Aufmerksamkeit. (Diesen Satz habe ich in einer Besprechung »verbrochen«.)

____

____

Meine Vorschläge finden Sie am Ende des Kapitels.

Die fünfte Empfehlung lautet:

- **die Trennung zusammengesetzter Verben vermeiden**

»Der DGB *führte,* unter reger Beteiligung der Einzelgewerkschaften und deutlich stärker als im letzten Jahr von der Presse beachtet, seinen nun schon zwar traditionellen, gleichwohl immer wieder abwechslungsreichen, Jugendkongreß in Frankfurt, der Stadt der Banken, vom 12. bis 15. Juni *durch.*« Nach fast vierzig Wörtern erfahren die Lesenden, was der DGB *führte.* In der Zwischenzeit haben sie Zeit zu rätseln, ob der DGB vielleicht
– seine Mitglieder an der Nase herumführt,
– Gespräche fortführt,
– einen Streik durchführt.

Der erlösende zweite Teil des Verbs *führte* steht am Ende des Satzes. Bei solchen Sätzen sind die Lesenden häufig so intensiv damit beschäftigt, den Hauptsatz zu identifizieren, daß sie den Sinn der Nebensätze nicht erfassen. Oder es entsteht ein falscher Zwischensinn:
»Der DGB schlug« (endlich wieder Kampfkraft!) »den Vorsitzenden der GEW als Kandidaten für den Rundfunkrat vor.«
»Der DGB versagte« (o weh!) »dem Vorschlag der Arbeitgeber die Zustimmung.«
Ich habe übertrieben, um das Problem zu verdeutlichen (nicht: Ich habe, [was denn?] um das Problem zu verdeutlichen, übertrieben). Bei kurzen Sätzen entstehen keine Verständnisschwierigkeiten, wenn zusammengesetzte Verben getrennt werden. Schwierig wird es bei folgendem Satz: »Vertreter der Bundesregierung *nehmen,* keineswegs freiwillig, sondern um ihr angeschlagenes Image aufzupolieren, was angesichts der bevorstehenden Landtagswahlen dringend geboten erscheint, nach langem Zögern nun doch an der

Tagung über alternative Energiequellen am kommenden Wochenende *teil.*«

Hier hilft ein anderes Verb weiter: »Vertreter der Bundesregierung *beteiligen* sich an der Tagung über alternative Energiequellen, die am kommenden Wochenende stattfindet. Die Regierung hatte lange gezögert...« Statt »teilte... mit« können Sie *informierte* schreiben usw. Oft kann die Trennung zusammengesetzter Verben dadurch vermieden werden, daß keine Streckverben benutzt werden wie *Beachtung schenken, Anwendung finden* (vgl. S. 19f.).

Neben der Wortwahl gibt es folgende Möglichkeiten, die Klammer des Verbs (er schlug... vor, ich habe... geholfen) zu sprengen:

1. Machen Sie aus einem Schachtelsatz einen Hauptsatz mit einem angehängten Nebensatz. Nicht: »Künftig *können,* wenn das aus Umweltschutzgründen notwendig sein sollte, die Bundesländer schon unterhalb der Smog-Schwelle Fahrverbote *verhängen.*«
   Sondern: »Die Bundesländer *können* künftig schon unterhalb der Smog-Schwelle Fahrverbote *verhängen,* wenn das aus Gründen des Umweltschutzes notwendig sein sollte.«
2. Machen Sie den Satz durch einen Doppelpunkt übersichtlicher. Nicht: »Bei Problemen können die Vertrauenslehrerin, die Klassensprecherin, die Schülermitverwaltung, die Rektorin, der Schulpsychologische Dienst oder die Sozialpädagogen angesprochen werden.«
   Sondern: »Bei Problemen können angesprochen werden: die Vertrauenslehrerin...«
3. Stellen Sie bei Aufzählungen das Verb hinter das erste Glied der Aufzählung.
   Nicht: »Herr Kahl wird durch Frau Hentschel, Herr Blohm durch Frau Klein, Herr Scholz durch Frau Arkenstette ersetzt.«

Sondern: »Herr Kahl wird durch Frau Hentschel ersetzt, Herr Blohm durch…«

Übung 6

Verändern Sie die folgenden Sätze. Versuchen Sie so zu formulieren, daß die Umklammerung von Satzteilen durch das Verb vermieden wird.

Christiane will, teilte sie meinem Bruder mit, am Sonntag kommen.

___

Die Staatsanwaltschaft schenkte den Hinweisen, die sie von Mitgliedern der Opposition erhalten hatte, keine Beachtung.

___

___

Für die Katastrophenhilfe sind in unserem Landkreis das Technische Hilfswerk, das Deutsche Rote Kreuz, die Feuerwehr, die freiwillige Feuerwehr und die Polizei zuständig.

___

___

In dem mit knapper Mehrheit angenommenen Abschnitt der Koalitionsvereinbarungen über die Hochschulpolitik werden die Wiederherstellung der Einheit von Forschung und Lehre und die Mitbestimmung der Studierenden als Hauptziele genannt.

___

Herr Mester wird auf der Jahresversammlung über den Außendienst, Frau Krieger über die EDV-Abteilung, Frau Neumann über die Verwaltung und Herr Münz über die Ertragslage berichten.

Meine Vorschläge finden Sie am Ende des Kapitels.

Die letzte Empfehlung zum Thema Schachtelsatz lautet:

◆ **die Hauptsache in den Hauptsatz**

Was ist in den beiden folgenden Sätzen die Hauptsache?

»Die SPD, die einen überraschenden Wahlsieg errungen hatte, veranstaltete eine Dampferfahrt auf dem Rhein.«

»Die Delegierten der Grünen, die auf ihrer Bundeskonferenz die Flügelkämpfe beigelegt hatten, essen gerne Müsli.«

Ich meine, ein Wahlsieg ist wichtiger als eine Dampferfahrt, und das Ende von Flügelkämpfen ist bedeutender als die Vorliebe für Müsli. Deshalb gehören diese Fakten in den Hauptsatz:

»Die SPD erzielte einen überraschenden Wahlerfolg« (Hauptsatz), »den sie mit einer Dampferfahrt auf dem Rhein feierte« (Nebensatz). Oder: »Die SPD erzielte einen überraschenden Wahlerfolg. Sie feierte ihren Sieg mit einer Dampferfahrt auf dem Rhein.« »Die Delegierten der Grünen beendeten auf ihrer Bundeskonferenz die Auseinandersetzungen zwischen den verschiedenen Parteiflügeln.«

Es mag sein, daß es wichtig ist, daß Grüne gerne Müsli essen. Wenn das die Hauptsache ist, gibt es keinen Grund, in einem eingeschobenen Nebensatz die Flügelkämpfe zu erwähnen.

Ich muß mir also klarmachen, was ist das Wichtigste? Ich muß mir überlegen, was ist die Hauptsache? Das Wichtigste, die Hauptsache, kommt in den Hauptsatz. Das mag banal klingen. Ein Blick in die Zeitung zeigt, daß solche Überlegungen häufig nicht angestellt werden:
»Das Ergebnis der hessischen Landtagswahl, das durch eine niedrige Wahlbeteiligung, Verluste der CDU und der SPD, deutliche Gewinne der Grünen und eine Stabilisierung der FDP gekennzeichnet ist, wirft Fragen auf.«

Der Hauptsatz lautet: »Das Ergebnis der hessischen Landtagswahl wirft Fragen auf.« Das ist eine banale Feststellung. Interessant sind die Informationen im Nebensatz. Interessant könnte auch sein, *welche* Fragen *sich* aus dem Wahlergebnis *ergeben* (ein Ergebnis kann nichts tun – auch keine Fragen aufwerfen). In jedem Fall muß der Satz aufgelöst und die Hauptsache in Hauptsätze gepackt werden:
»Bei der Landtagswahl in Hessen war die Wahlbeteiligung niedrig. CDU und SPD verloren Stimmen, die Grünen erzielten deutliche Gewinne, und die FDP stabilisierte sich. Die SPD muß sich angesichts des Erfolgs der Grünen fragen, ...« Oder:
»Bei der Landtagswahl in Hessen war die Wahlbeteiligung niedrig. CDU und SPD verloren Stimmen, die Grünen erzielten deutliche Gewinne, und die FDP stabilisierte sich. Aus diesem Ergebnis ergeben sich drei Fragen: ...«

Überlegen Sie vor dem Schreiben: Was ist die Hauptsache? Wenn Sie diese Hauptsache in einem zusammenhängenden Hauptsatz ausdrücken – dann erledigen sich viele Probleme mit Schachtelsätzen fast von selbst. Probieren Sie das einmal aus in

Übung 7

Drücken Sie das Wichtigste im Hauptsatz aus.

Die Rednerin, die in ihrem Referat über Fragen einer zukunftsorientierten Gewerkschaftspolitik sprach, kam aus Regensburg.

____

____

Die Frage, ob die Rentenreform nicht nur finanzpolitisch machbar, sondern auch sozialpolitisch akzeptabel ist, wird in den großen Parteien nur am Rande diskutiert.

____

____

Wir gingen, obwohl wir das nicht notwendig fanden, zu einer Rechtsanwältin, die zu unserer Bestürzung erklärte, daß wir keine Chance hätten, den Rechtsstreit zu gewinnen.

____

____

Der Bundespräsident, der am 1. September, um ein politisches Zeichen zu setzen, nach Polen fahren will, trug heute einen dunkelblauen Zweireiher.

Meine Vorschläge finden Sie am Kapitelende.

Zusammenfassung:
Stellen Sie das Wichtigste an den Anfang eines Satzes, packen Sie die Hauptaussage in den Hauptsatz, und vermeiden Sie Schachtelsätze (und Bandwurmsätze).

Übungs-Tip:
Nehmen Sie sich eine Meldung im Politikteil Ihrer Tageszeitung vor und überprüfen Sie, ob das Wichtigste im Hauptsatz steht oder in Nebensätzen versteckt wird.

III. Aktiv und »positiv« schreiben

Aktiv

Sie kennen folgende Formulierungen aus der Tagespresse:
»In Bonn wird darauf hingewiesen, daß ...«
»In Regierungskreisen wird davon gesprochen, daß ...«
»In gewöhnlich gut unterrichteten Kreisen wird davon ausgegangen, daß ...«

Journalisten benutzen das Passiv (die Leideform), wenn sie ihre Informationsquellen verschweigen wollen. Wenn *Sie* nichts zu verheimlichen haben, schreiben Sie im Aktiv. Ihre Sätze werden lebendiger, und Sie erleichtern es den Leserinnen und Lesern, Ihre Berichte oder Briefe zu verstehen.

Schreiben Sie nicht:
»Die Verschiebung der Arbeitszeitverkürzung auf die nächste Tarifrunde ist von den Vertrauensleuten bei *Opel* kritisiert worden.«

Sondern:
»Die Vertrauensleute bei *Opel* kritisierten, daß..«

Der Nebensatz bleibt im Passiv (»die Arbeitszeitverkürzung auf die nächste Tarifrunde verschoben wurde«), wenn die Verantwortlichen nicht genannt werden. Eine Aktivkonstruktion ist möglich, wenn Roß und Reiter genannt werden: »..., daß die Tarifkommission den Vorschlag der Unternehmer akzeptierte, die Arbeitszeit erst in der nächsten Tarifrunde zu verkürzen.«

Das Beispiel zeigt, daß hier inhaltliche Fragen und Stilfragen verknüpft sind. Das ist häufig der Fall. Man kann in einem Brief zurückhaltend reklamieren: »Die Ware wurde nicht termingerecht geliefert.« Und man kann selbstbewußt beanstanden: »*Sie haben* die Ware nicht rechtzeitig geliefert.« Man kann in einer Stellungnahme schreiben: »Es ist davon auszugehen, daß...« Und man kann selbstbewußt formulieren: »*Ich meine*, daß...«

Die Leideform ist angebracht, wenn
- tatsächlich ein Erleiden ausgedrückt werden soll:
  »Ich wurde im Urlaub von Mücken gequält.«
- niemanden interessiert, wer die handelnde Person ist:
  »Das Schwimmbad wird im Sommer um acht Uhr geöffnet.«
- ein Handlungsträger fehlt:
  »In der Geschäftsordnung ist vorgesehen, daß...«
  Die Geschäftsordnung kann nichts vorsehen, sondern nur die, die die Geschäftsordnung gemacht haben (schreiben Sie deshalb nicht: »Die Geschäftsordnung sieht vor, daß...«).

»Positiv«

»Positiv« schreiben meint nicht, Mißfallen über kritikwürdige Dinge oder Vorgänge nicht zu formulieren, und ebensowenig, nur Gutes zu schreiben, sondern Verneinungen zu vermeiden.

Haben Sie den Satz auf Anhieb verstanden? Wenn ja, sind Sie eine Ausnahme. Die meisten Menschen stolpern über Sätze, in denen sich Verneinungen häufen. Im Absatz zuvor sind es drei:
- meint *nicht,*
- *nicht* zu formulieren,
- *ebensowenig* (= auch nicht).

Noch einmal: »Positiv« schreiben meint, Verneinungen zu vermeiden. Es meint nicht, nur Gutes zu schreiben und sein Mißfallen über kritikwürdige Dinge oder Vorgänge zu unterdrücken.

Eine Verneinung ist kein Problem. Allerdings ist sie oft überflüssig (statt: Oft ist sie allerdings nicht erforderlich). Sie sparen Wörter, wenn Sie Verneinungen vermeiden:
- »Trotzdem fiel die Fahrprüfung nicht aus« (6 Wörter).
- »Trotzdem fand die Fahrprüfung statt« (5 Wörter),
- »Er sagte nicht ab« (4),
- »Er sagte zu« (3).

Eine Verneinung ist kein Problem. Die doppelte Verneinung macht vielen Schwierigkeiten, die dreifache Verneinung ist eine Katastrophe. Doch bleiben wir bei der doppelten Verneinung:
- »Es ist so unüblich nicht«, also: üblich.
- »Unter den vier Fraktionen ist keine, die nicht koalitionsfähig wäre«, also: alle vier Fraktionen sind koalitionsfähig.

Zwei Verneinungen heben einander auf, ergeben eine Bejahung. Diese logische Konstruktion hilft nicht immer weiter. Wie lautet zum Beispiel die Bejahung folgender Verneinung? »Wer nicht rechts wählen will, darf nicht ABC wählen.« Gemeint ist: »Wer ABC wählt, wählt rechts.« Und wer versteht, was gemeint ist, wenn wider Willen Nonsens geschrieben wird: »Zur Strafe wurde ihm verboten, sechs Wochen kein Moped zu fahren.« Wie interpretieren Sie folgenden Satz: »Meyer ist nicht unvermögend.« Verfügt Meyer über mäßigen Reichtum? Oder ist »nicht unvermögend« eine ironische Untertreibung?

Manche scheinen zudem nicht zu wissen, daß in zahlreichen Wörtern bereits eine Verneinung steckt. Sie rufen dann zum Boykott *gegen* Früchte aus einem bestimmten Land auf (statt *von* oder *der*). Oder Sie beklagen einen *miß*glückten *Fehl*start. Es ist also leicht (so schwer nicht), sich und andere mit Verneinungen unglücklich zu machen. Überlegen Sie deshalb lieber zweimal, bevor Sie »negativ« formulieren.

Übung 8

Formulieren Sie folgende Sätze aktiv bzw. »positiv«.

Bei der Verhandlung konnten sich die Befürworter eines NPD-Verbots nicht durchsetzen.

____

____

Der Parteijugend wurde vom SPD-Vorstand verboten, an der Demonstration teilzunehmen.

____

Ich hoffe nicht, daß Schulz nicht kommt.

____

In den Tarifverhandlungen wurde ein Fortschritt nicht erzielt.

Vergleichen Sie Ihre Formulierungen mit den Musterlösungen am Ende des Kapitels.

Zusammenfassung:
Im Aktiv schreiben, Verneinungen vermeiden.

Übungs-Tip:
Aktiv schreiben: Lesen Sie nochmals die ersten Seiten des Abschnitts »Verben, Verben, nochmals Verben« (S. 15 bis 19).

»Positiv« schreiben: Achten Sie einmal in der Umgangssprache auf doppelte Verneinungen, die keine Bejahung bedeuten. Meine Nachbarin, eine waschechte Berlinerin, klagte stets: »Ick hab keen Jeld nich« – und sie war wirklich knapp bei Kasse.

IV. Einfach und verständlich schreiben Umgangssprache und Grammatik – und ein bißchen Polemik

In vielen Stil-Ratgebern wird der Satz des Schriftstellers Johann Paul Friedrich Richter[13] zitiert: »Die Probe der Güte ist, daß der Leser nicht zurückzulesen hat.« Die Stil-Experten, die diesen Satz gerne anführen, geben sich »volksfreundlich«. Sie klagen über Soziologen, Pädagogen und Psychologen, die »auf Kriegsfuß mit der Sprache« stehen (so der pensionierte Gymnasiallehrer Lobentanzer). Sie beschweren sich über komplizierte Sätze. Einige heben die *Bildzeitung* als Vorbild für »knappe und konkrete« Sätze hervor (zum Beispiel

---

13 Bekannt unter dem Namen Jean Paul (1769–1825).

Rauter; bei Wolf, der Rauter zustimmend zitiert, wird aus »knapp und konkret« sogar »knapp und *korrekt*«).

Der Verweis auf *Bild* sollte mißtrauisch stimmen. Auch ich habe für verständliche Sätze (und Wörter) plädiert – aber nicht im Sinne der *Bildzeitung*. Ich meine: Texte sollten der Leserin nicht alles vorkauen (Umgangssprache – siehe unten). Texte sollten dem Leser das Denken nicht abnehmen, sondern zum Denken anregen. Wer Texte schreibt, sollte die Lesenden ernst nehmen – und das heißt: ihnen Denkfähigkeit unterstellen.
Einfach und verständlich schreiben meint:

– einen Satz nicht *unnötig* kompliziert schreiben,
– das Verständnis einer schwierigen Materie nicht *zusätzlich* durch Satz-Ungetüme erschweren,
– Fremd- und Fachwörter nicht auch noch in *Schachtelsätze* packen.

Verstehen ist nicht identisch mit wohl fühlen. Leser der *Bildzeitung,* Leserinnen der Regenbogenpresse fühlen sich wohl in »ihrem« Blatt. Ich bezweifle, daß sie aufgrund der Lektüre dieser Blätter etwas *verstehen,* zum Beispiel über gesellschaftliche Zusammenhänge. Überlegen Sie einmal, wie das ist, wenn Sie etwas lernen, etwas verstehen. Ihnen wird einfallen, daß Sie

– sich wundern,
– zunächst irritiert sind,
– zurückblättern,
– etwas zweimal oder dreimal lesen,
– sich zunächst gegen eine Feststellung sperren.

Die Aufforderung: »schreib' einfach (verständlich)« ist richtig, wenn damit ein Appell gegen die Denkfaulheit gemeint ist, die meist die Ursache für unnötig komplizierte Sätze ist. Die Aufforderung ist falsch, wenn sie bedeutet, den Lesenden nichts mehr zuzumuten, sondern ihnen nur noch leichtverdauliche Kost zu bieten.

Das ist das Rezept von Hans Lobentanzer. Er macht in »Deutsch muß nicht schwer sein« unter anderem folgenden Vorschlag für verständliche Sätze:

Original:
»Repressives Verhalten der Autoritätsperson unterdrückt die Funktionslust und führt zu Frustration und Aggression.«
Verbesserung:
»Sind die Eltern oder Lehrer zu streng, so werden die Kinder lustlos und widerspenstig.«[14]

Der erste Satz ist mit Fremdwörtern überladen. Die »Verbesserung« ist sicher leicht zu verstehen. Doch sie ist keineswegs eine verständliche »Übersetzung« des Originals.

- Im Original ist nicht von Eltern, Lehrern oder Kindern die Rede. Die Aussage wird zwar anschaulicher, wenn konkrete Autoritäten genannt werden, aber sie wird auch verändert: Es gibt mehr Autoritätspersonen als Eltern und Lehrer. Im Original wird nicht gesagt, daß nur Kinder mit Frustration etc. auf repressives Verhalten reagieren.
- »Repressives Verhalten *unterdrückt* die Funktionslust.« Das heißt aber noch lange nicht, daß die Unterdrückten »lustlos« werden. Und: »repressiv« ist nicht identisch mit »streng«, »aggressiv« ist nicht dasselbe wie »widerspenstig« (ich kann widerspenstig sein, ohne aggressiv zu sein) usw.

Lobentanzer »verschlimmbessert«. Die Urfassung ist schwer verständlich. Es erfordert Arbeit, aus ihr einen akzeptablen Satz zu machen. Doch mit Simplifizierungen nach dem Muster von Lobentanzer ist niemandem gedient. Sie sind schlicht Quatsch.

Einfache Sätze und bekannte Wörter erleichtern das Verständnis. Aufmerksamkeit weckt ein Text, der die Erwartung der Leserinnen und Leser *in Maßen* irritiert. Zum wirklichen Verständnis eines Sachverhalts kann er führen, wenn er vom Verstand der Lesenden eine *mäßige* Anspannung fordert.

---

14 München 1986, S. 143.

Die Ziele,

- leicht verständlich schreiben,
- umfassend informieren und
- Aufmerksamkeit wecken,
- zum Nachdenken anregen,

können in Widerspruch geraten. Auf welche Seite des Widerspruchs ich mich schlage, hängt vom *Schreibanlaß* ab (der von vielen Stil-Experten nicht berücksichtigt wird). Ich erwarte von einer Bedienungsanleitung keine Anregungen zum Nachdenken, sondern leichtverständliche Handlungsanweisungen. Ich will auch nicht umfassend über Fernmeldetechnik informiert werden, wenn ich wissen will, was ich tun muß, um alle Fernsehprogramme störungsfrei zu empfangen. Einen Kommentar, der mich nicht zum Nachdenken anregt, lese ich nicht zu Ende. Ein Sachbuch, das nicht gründlich informiert, lege ich aus der Hand.

Die Verfechter verständlicher Sätze, die Kämpfer gegen »Soziologendeutsch«, die Verteidiger des »kleinen Mannes« auf dem Feld des geschriebenen Wortes können sehr elitär werden, wenn es um Grammatik geht:
»Es war schon immer so, daß Feinheiten oder zusätzliche Verfeinerungen der Grammatik nicht von Landarbeitern und Halbwüchsigen ersonnen oder hochgehalten wurden, sondern von Dichtern, Mönchen und Lehrern.«[15]

Sie fahren, obwohl sie energisch für »das deutsche Wort« plädieren, ihren beeindruckenden Fremdwort-Vorrat auf:
»Daß die Apposition im selben Kasus steht wie das Substantiv, auf das sie sich bezieht, scheint die schwierigste Regel der Grammatik zu sein.«

Viele nehmen bei der »Deklination... die Hürde des Genetivs und des Dativs nicht; zu schweigen vom Kasus der Apposition«[16].

---

15 Wolf Schneider: Deutsch für Profis, München 1985, S. 197.
16 Ebenda, S. 200 und 201.

Die Autoren haben recht (in ihrer Schreibweise: Das ist vortrefflich bemerkt und schwer zu negieren). Nicht korrekt ist: »Nach Auskunft *von* Peter Müller, *des* Vorsitzenden ...« und
»Nach Auskunft Peter *Müllers*, *dem* Vorsitzenden ...«
Korrekt ist:
»Nach Auskunft *von* Peter Müller, *dem* Vorsitzenden ..«
und
»Nach Auskunft Peter *Müllers*, *des* Vorsitzenden ...«
Die Beifügung (Vorsitzender) muß im selben Fall stehen wie das Hauptwort (Peter Müller), auf das sie sich bezieht. Das Problem erledigt sich übrigens, wenn Petra Müller Vorsitzende wird. Dann heißt es beidemal: *der* Vorsitzenden.

Wählen sie also den richtigen Fall, und achten Sie auf die richtige Zeitform in den Nebensätzen. Das schützt vor Mißverständnissen, und *deshalb* ist korrekte Grammatik nützlich. In Zweifelsfällen können Sie im Duden (Band 4) nachschlagen. Lassen Sie sich aber von Reinheits-Aposteln nicht vom Schreiben abhalten, wenn Sie in der Grammatik nicht ganz sattelfest sind. Grammatik ist nur ein Mittel zum Zweck, kein Selbstzweck (allenfalls für Stil-Ratgeber).

In einer anderen Frage gehen die Meinungen der Stil-Experten auseinander: Soll man schreiben, wie man spricht? Bei Ludwig Reiners, dem Verfasser der »Stilfibel« und der »Stilkunst«, lautet eine Hauptregel: »Schreibe, wie du sprichst.« Andere raten eindringlich davon ab, umgangssprachlich zu schreiben. Ich meine, die Frage kann nicht eindeutig mit Ja oder Nein beantwortet werden. Zunächst ist nach dem *Schreibanlaß* zu fragen. In einem Geschäftsbrief werden Sie – in der Regel – nicht schreiben, daß Sie es »echt spitze« fänden, wenn Ihr Geschäftspartner trotz einer Lieferungsverzögerung »cool« bliebe. Ich habe *in der Regel* geschrieben, weil dieser Stil in der Korrespondenz zwischen Alternativ-Betrieben durchaus den richtigen Ton treffen könnte (*durchaus* ist ein Füllwort – dazu weiter unten). Außer dem Schreibanlaß sind also auch die *Adressaten* zu berücksichtigen, an die sich ein Brief oder ein anderer Text richtet.

Die Entscheidung, ob man schreiben soll, wie man spricht, hängt auch davon ab, was man unter Umgangssprache und was unter Hochdeutsch versteht. Viele meinen, Hochdeutsch zu schreiben, wenn sie geschraubt und gestelzt formulieren – und die Leserinnen und Leser mit »Bürokraten- oder Blähdeutsch« belästigen. Solchem »Papierdeutsch« ziehe ich die Umgangssprache vor. Gegenüber Schachtelsätzen wie: »Ich werde, wenn ich Zeit habe und die Autobahn nicht verschneit ist, morgen kommen« bevorzuge ich die klare Abfolge der Umgangssprache: »Ich komme morgen, wenn ...«

Allerdings ist die Umgangssprache nicht ohne Tücken: Einerseits neigen viele zur Weitschweifigkeit. Andererseits werden Zusammenhänge nicht erläutert, weil sie in der Situation den Beteiligten vor Augen (oder in den Ohren) sind. Beim Schreiben kann das zum Problem werden. Weitschweifigkeit langweilt die Leserin. Der Leser, der an einem Vorgang nicht beteiligt war, versteht nichts, wenn der Zusammenhang nicht angemessen erläutert wird.

Für die Umgangssprache spricht, daß sie oft sehr anschaulich und »deftig« ist. Doch sie bleibt nicht unberührt vom Papier- und Vernebelungsdeutsch, das die Medien täglich bringen. Viele *meinen* oder *denken* nicht mehr, sondern »gehen davon aus«, viele wollen nicht mehr *später antworten,* sondern »werden zu gegebener Zeit darauf zurückkommen«.

Zur Umgangssprache gehören schließlich Füll- und Flickwörter wie »irgendwie«, »irgendwo«, »oder so«, die in einem Text stören. Mit dieser Feststellung soll nicht gesagt werden, es gäbe verbindliche Kriterien, welche Wörter überflüssig sind. »Irgendwie« bedeutet in der Umgangssprache: Man kann (oder will) etwas nicht genauer beschreiben oder erklären. Im Gespräch können wir nachfragen, was mit »irgendwie« gemeint ist. Bei Texten können wir das nicht. Deshalb sollte beim Schreiben dieses »irgendwie« präzisiert werden. Oft hat in der Umgangssprache »irgendwie« überhaupt keine Bedeutung mehr, wird unbewußt gesagt. Wörter ohne Bedeutung gehören nicht in einen Text. Wenn ich einen Text lese, kann ich erwarten, daß die Schreiberin oder der Schreiber vorher nachgedacht hat, daß sie überflüssige Wörter streicht. Es ist also abzuwägen, ob ein Wort einen Satz unnötig aufbläht oder nicht.

Stil-Puristen machen es sich einfacher. Sie erstellen Listen mit überflüssigen Füll- und Flickwörtern von »aber« über »freilich«, »wohl« bis »zweifelsohne«. Wolf Schneider hat eine solche »Verbotsliste« mit über 200 Wörtern zusammengestellt[17]– und schreibt an anderer Stelle: »So bleibt *wohl* der fruchtbarste Rat, ... sich die richtigen Muster und Meister wählen. Was *freilich* das Problem mit den ›richtigen‹ vor uns auftürmt.« (S. 176) Hier hat er geschlampt, der gute Mann: Er relativiert mit *wohl* und *freilich* seine Aussagen. Ich habe nicht aus Prinzip etwas gegen *wohl* und *freilich, wohl* aber dann, wenn die beiden Wörter, wie bei Wolf, an die Stelle präziser Einschränkungen treten. Ich halte nichts davon, kategorisch von Füllwörtern abzuraten. Nehmen wir zum Beispiel aus Wolfs Liste das Wort *vollends*. »Meyer trat nach den Wahlen *vollends* aus dem Schatten des Kanzlers«. Ist *vollends* wirklich überflüssig? Oder drückt es aus, daß ein Prozeß abgeschlossen ist, daß Meyer schrittweise aus dem Schatten des Kanzlers herausgetreten ist?

Zurück zu unserer Frage: Soll man schreiben, wie man spricht? Meine Antwort: Ja, wenn dadurch der Text

---

17 Deutsch für Profis, München 1985, S. 120–122.

gewinnt. *Ob* er besser wird, ist im Einzelfall zu entscheiden. (Sie können das meist nicht alleine entscheiden, wenn Sie Ihre Texte Lehrerinnen, Professoren, Vorgesetzten usw. vorlegen müssen, wenn Ihre Texte benotet bzw. bewertet werden.)

Einig sind sich die Stil-Experten darin, daß man nicht zwischen Hochdeutsch und Umgangssprache wechseln darf. Für Professor Mackensen ist es »noch schlimmer« als »gefährlich« (was immer das sein mag), wenn man »beim Schreiben unversehens die einmal gewählte Stilebene« verläßt[18].

In dieser Übertreibung steckt ein rationaler Kern: Wenn Sie zwischen Schrift- und Umgangssprache wechseln, sollten Sie das bewußt tun und nicht »unversehens« in einem anderen Stil schreiben. Ein Stilwechsel kann eine gelungene Stilmischung ergeben, wie ein Beispiel von Werner Raith zeigt: »Der Ober-Macker der WG ist heute wieder mal total drauf. Von 100 möglichen Treffern hat er 98 geschafft.«[19] Der erste Satz vermittelt Lokalkolorit, der folgende kündigt an, daß der Bericht sachlich weitergeht. Sie können einen Sachbericht oder Fachaufsatz mit einer plastischen Schilderung eines Ereignisses beginnen und dann die Stilebene wechseln, zum sachlichen Bericht oder zur Analyse übergehen. Es gilt also auch in dieser Frage: Die Entscheidung hängt davon ab, aus welchem Anlaß und mit welchem Ziel ich etwas schreibe.

Es gibt nur eine verbindliche Regel: Ein Stilwechsel sollte nicht zu Mißverständnissen führen. Mißverständnisse können entstehen, wenn

– nicht deutlich wird, ob ein Sachverhalt beurteilt oder geschildert wird, ob eine Meinungsäußerung kommentiert oder referiert wird;

---

18 Lutz Mackensen: Gutes Deutsches in Schrift und Rede, Gütersloh 1985, S. 123.

19 Gut schreiben, Frankfurt/Main, New York 1988, S. 155.

- unvermittelt ein neuer Berichterstatter im Text auftaucht, zwischen ich, wir, Zeugen usw. gewechselt wird, ohne dies deutlich zu machen;
- sich Wechsel in der Zeit einschleichen, so daß die Leserin und der Leser nicht mehr wissen, was war vorher und was nachher.

Wiederum: Solche Wechsel sind nicht »verboten«. Sie sollten Ihnen allerdings nicht unbemerkt unterlaufen. Stilwechsel können, mit Sorgfalt eingesetzt, einen Text beleben.

Zusammenfassung:
Es gibt kein Patentrezept, sondern nur Anhaltspunkte für gutes Schreiben.

Musterlösungen

Übung 1

- An der dem Fenster gegenüberliegenden Wand hängt eine Kuckucksuhr.
  An der Wand gegenüber dem Fenster hängt eine Kuckucksuhr.
- Der von der vom rechten Flügel der Partei geäußerten Kritik unbelastete Parteichef reiste nach Paris.
  Diese Klemmkonstruktion, in der die Satzaussage (reiste nach Paris) am Ende steht, muß aufgelöst werden. Vor allem muß klarwerden, was das wirklich Wichtige ist. Ist es die Reise nach Paris oder die Tatsache, daß die Kritik den Parteichef nicht belastet? Und: Kümmert sich der Parteichef nicht um die Kritik? Oder wird er nicht kritisiert?
  Der Parteichef reiste unbelastet nach Paris. Ihm galt nicht die Kritik, die der rechte Parteiflügel geäußert hatte. Oder: Der Parteichef reiste unbelastet nach Paris. Er kümmerte sich nicht um die Kritik, die der rechte Parteiflügel geäußert hatte.
- Das Kind begleitete die Mutter gerne auf den Spielplatz.
  Das Subjekt (die Mutter) gehört an den Anfang des Satzes:
  Die Mutter begleitete das Kind gerne auf den Spielplatz.
- Dieses von seinem Vater übernommene Minderwertigkeitsgefühl machte ihm 30 Jahre lang das Leben schwer.
  Der Hauptsatz ist zu voll gepackt. Hier hilft ein Nebensatz:
  Das Minderwertigkeitsgefühl, das er von seinem Vater übernommen hatte, machte ihm 30 Jahre lang das Leben schwer.
- Von den in Großstädten lebenden Menschen wird zu häufig für Kurzstrecken das Auto benutzt.

Auch dieser Hauptsatz gewinnt durch einen Nebensatz:
Die Menschen, die in Großstädten leben, benutzen ihr Auto zu häufig für Kurzstrecken.
Oder gekürzt:
Großstädter benutzen ihr Auto zu häufig für Kurzstrecken.

Übung 2

– Die gemachten Aussagen sind klar formuliert.
  Die Aussagen sind klar formuliert.
– Zahlreiche Gründe sind die Ursachen der Arbeitslosigkeit in Europa.
  Die Arbeitslosigkeit in Europa hat zahlreiche Ursachen.
– »Zu den produktiven Fertigkeiten rechnen wir: Sprechen auf mündlicher Basis und Schreiben auf schriftlicher Basis.«
  Zu den produktiven Fertigkeiten rechnen wir Sprechen und Schreiben.
– Wir sind in der Lage, Ihnen die bestellten Bücher zu liefern.
  Wir können Ihnen die bestellten Bücher liefern.
– In ähnlich gelagerten Fällen wurde so verfahren.
  In ähnlichen Fällen wurde so verfahren.
– Wir gewähren Ihnen einen Rabatt in Höhe von zehn Prozent.
  Wir gewähren Ihnen einen Rabatt von zehn Prozent.
– Der junge Mann konnte keinerlei finanzielle Mittel aufweisen.
  Der junge Mann hatte kein Geld.
– Von der Kostenseite her gesehen ist dieses Forschungsprojekt zu teuer.
  Das Forschungsprojekt kostet zuviel.

Übung 3

- Künftig können, wenn das aus Umweltschutzgründen notwendig sein sollte, die Bundesländer schon unterhalb der Smog-Schwelle Fahrverbote verhängen.
  Die Bundesländer können künftig schon unterhalb der Smog-Schwelle Fahrverbote verhängen, wenn das aus Gründen des Umweltschutzes notwendig sein sollte.
- Wenn künftig lokal und regional Fahrverbote leichter verordnet werden können, sei ein stärkerer Trend zu schadstoffarmen Autos zu erwarten, erklärte Umweltminister Töpfer.
  Umweltminister Töpfer erklärte, er erwarte einen stärkeren Trend zu schadstoffarmen Autos, wenn künftig lokal und regional Fahrverbote leichter verordnet werden können.

Übung 4

»Derjenige, der den, der das Ortsschild, das auf der Straße, die zum Dorfplatz führt, steht, beschädigt hat, überführt, erhält eine Belohnung aus der Gemeindekasse.«
»Derjenige erhält eine Belohnung aus der Gemeindekasse, der den überführt, der das Ortsschild beschädigt hat, das auf der Straße steht, die zum Dorfplatz führt.« Das ist sicher kein schöner aber ein verständlicher (Bandwurm-)Satz. Besser ist es, zwei Sätze zu bilden: Das Ortsschild an der Straße zum Dorfplatz ist beschädigt worden. Wer den Täter überführt, erhält eine Belohnung aus der Gemeindekasse.

Übung 5

– Ihre Kritik an Generalinspekteur Wellershoff, der mit einem »Leitfaden« zur politischen Bildung in der Truppe Aufsehen erregt hatte, bekräftigte gestern die SPD.
  Die SPD bekräftigte gestern ihre Kritik an Generalinspekteur Wellershoff, der mit einem »Leitfaden« zur politischen Bildung in der Truppe Aufsehen erregt hatte.
– Wenn ein Verlag, der auf die Veröffentlichung marxistischer Literatur spezialisiert ist, eine Frauen-Krimi-Reihe herausgibt, verdient das Aufmerksamkeit.
  Es verdient Aufmerksamkeit, wenn eine Frauen-Krimi-Reihe in einem Verlag erscheint, der auf die Veröffentlichung marxistischer Literatur spezialisiert ist.

Übung 6

– Christiane will, teilte sie meinem Bruder mit, am Sonntag kommen.
  Christiane will am Sonntag kommen, teilte sie meinem Bruder mit.
– Die Staatsanwaltschaft schenkte den Hinweisen, die sie von Mitgliedern der Opposition erhalten hatte, keine Beachtung.
  Die Staatsanwaltschaft beachtete die Hinweise nicht, die sie von Mitgliedern der Opposition erhalten hatte.
– Für die Katastrophenhilfe sind in unserem Landkreis das Technische Hilfswerk, das Deutsche Rote Kreuz, die Feuerwehr, die freiwillige Feuerwehr und die Polizei zuständig.
  Für die Katastrophenhilfe sind in unserem Landkreis zuständig: das Technische Hilfswerk, das Deutsche

Rote Kreuz, die Feuerwehr, die freiwillige Feuerwehr und die Polizei.

– In dem mit knapper Mehrheit angenommenen Abschnitt der Koalitionsvereinbarungen über die Hochschulpolitik werden die Wiederherstellung der Einheit von Forschung und Lehre und die Mitbestimmung der Studierenden als Hauptziele genannt.
  Im Abschnitt »Hochschulpolitik« nennt die Koalitionsvereinbarung als Hauptziele: die Wiederherstellung der Einheit von Forschung und Lehre und die Mitbestimmung der Studierenden. Dieser Abschnitt wurde mit knapper Mehrheit angenommen.
– Herr Mester wird auf der Jahresversammlung über den Außendienst, Frau Krieger über die EDV-Abteilung, Frau Neumann über die Verwaltung und Herr Münz über die Ertragslage berichten.
  Auf der Jahresversammlung wird Herr Mester über den Außendienst berichten, Frau Krieger über die EDV-Abteilung, Frau Neumann über die Verwaltung und Herr Münz über die Ertragslage.

Übung 7

– Die Rednerin, die in ihrem Referat über Fragen einer zukunftsorientierten Gewerkschaftspolitik sprach, kam aus Regensburg.
  Die Rednerin behandelte in ihrem Referat Fragen einer zukunftsorientierten Gewerkschaftspolitik. (Wenn es wichtig ist:) Sie kam aus Regensburg.
– Die Frage, ob die Rentenreform nicht nur finanzpolitisch machbar, sondern auch sozialpolitisch akzeptabel ist, wird in den großen Parteien nur am Rande diskutiert.
  In den großen Parteien wird nur am Rande die Frage diskutiert, ob die Rentenreform nicht nur finanzpolitisch machbar, sondern auch sozialpolitisch akzeptabel ist.

- Wir gingen, obwohl wir das nicht notwendig fanden, zu einer Rechtsanwältin, die zu unserer Bestürzung erklärte, daß wir keine Chance hätten, den Rechtsstreit zu gewinnen.
  Wir fanden es zwar nicht notwendig, gingen aber trotzdem zu einer Rechtsanwältin. Wir waren bestürzt über ihre Erklärung, wir hätten keine Chance, den Rechtsstreit zu gewinnen.
- Der Bundespräsident, der am 1. September, um ein politisches Zeichen zu setzen, nach Polen fahren will, trug heute einen dunkelblauen Zweireiher.
  Der Bundespräsident will am 1. September nach Polen fahren, um ein politisches Zeichen zu setzen. (Der Hinweis auf den dunkelblauen Zweireiher ist wohl überflüssig.)

Übung 8

- Bei der Verhandlung konnten sich die Befürworter eines NPD-Verbots nicht durchsetzen.
  Bei den Verhandlungen setzten sich die Gegner eines NPD-Verbots durch.
- Der Parteijugend wurde vom SPD-Vorstand verboten, an der Demonstration teilzunehmen.
  Der SPD-Vorstand verbot der Parteijugend, an der Demonstration teilzunehmen.
- Ich hoffe nicht, daß Schulz nicht kommt.
  Ich hoffe, daß Schulz kommt.
- In den Tarifverhandlungen wurde ein Fortschritt nicht erzielt.
  Die Tarifparteien erzielten keinen Fortschritt in den Verhandlungen.

DRITTES KAPITEL

Mitteilungen für die Öffentlichkeit

Im ersten und zweiten Kapitel ging es um Text-Elemente. In diesem Kapitel und in den zwei folgenden steht die Frage im Vordergrund, wie Textbausteine zu Texten zusammengesetzt werden können. Kapitel 3 behandelt eher journalistisch orientierte Texte, zum Beispiel Meldung, Bericht und Kommentar. Ich wende mich dabei, wie bereits in der Einleitung erwähnt, nicht an Profis, sondern an Leserinnen und Leser, die gelegentlich einen Artikel für eine Zeitung oder Zeitschrift schreiben.

I. Meldung und Bericht

Im Journalismus wird unterschieden zwischen Texten, die
- informieren (Meldung, Bericht),
- kommentieren (Meinungsbeiträge wie Kommentar, Glosse, Leitartikel),
- unterhalten (Reportage).

Das ist eine grobe Einteilung; ein Blick in die Zeitung zeigt, daß zum Beispiel häufig zugleich informiert und kommentiert wird. Von der Besprechung eines Buchs oder Films wird das sogar erwartet. Ich unterscheide im folgenden zwischen Texten, die in erster Linie informieren bzw. berichten, und Texten, die in erster Linie kommentieren bzw. argumentieren. Die Unterscheidung dient lediglich einer übersichtlichen Darstellung; sie sollte nicht als Anleitung zum Schematismus verstanden werden.

Der Oberbegriff für Meldung und Bericht ist »Nachricht«. Unter Meldungen werden in der Zeitungsbranche Kurznachrichten bis etwa 25 Druckzeilen verstanden (man nennt sie auch »Einspalter«); in Berichten werden Ereignisse ausführlicher dargestellt (»Zweispalter« oder »Dreispalter«)[20]. Wie kommt man zu einer Meldung, zu einem Bericht?

Ein wichtiges Hilfsmittel sind die sechs »W«-Fragen:

- **Wer?**
- **Was?**
- **Wann?**
- **Wo?**
- **Wie?**
- **Warum?**

Nehmen wir an, Ihr Verein plant ein Fest oder eine Ausstellung, in Ihrer Gemeinde wurde ein neuer Gemeindekirchenrat gewählt, Ihre Bürgerinitiative hat eine Aktion durchgeführt, Ihre Gewerkschaftsgruppe hat einen Solidaritätsbasar veranstaltet. Sie wollen über dieses Ereignis die Presse informieren, eine Meldung oder einen Bericht schreiben. Der erste Schritt zu dieser Meldung ist die Beantwortung der »W«-Fragen:

Wer?	Die Bürgerinitiative »Grün-Tangente«
Was?	Sitzblockade
Wann?	Am 21.5.19..
Wo?	Kaiserstraße, Ausgangspunkt der geplanten Stadtautobahn
Wie?	Friedlich, mit Picknick
Warum?	In genau einem Monat soll der Autobahnbau beginnen.

20 Ich verwende im folgenden beide Begriffe synonym, da sich die Unterscheidung zwischen Meldung und Bericht nur auf den Umfang einer Nachricht bezieht.

Damit haben Sie die *Grundlage* Ihrer Meldung, Ihres Berichts.

Was ist der nächste Schritt? Wie wird auf dieser Grundlage eine Meldung, ein Bericht aufgebaut?

Nachrichten-»Wert«

Bestimmen sie nun den Nachrichten-»Wert« der einzelnen Elemente Ihrer Meldung. Was ist für die Öffentlichkeit von Interesse? Was ist das Wichtigste? Was ist das Interessanteste? Sie stehen vor der Aufgabe abzuwägen,

- was wichtig und was weniger wichtig ist (»Bedeutung«),
- was die Leserinnen und Leser vermutlich interessiert (»Publikumsinteresse«).

»W«-Fragen	**1. Schritt** Fakten zuordnen. Kurzantworten geben
Wer hat etwas gemacht, will etwas machen?	Die Bürgerinitiative »Grün-Tangente«
Was ist passiert, was soll geschehen? Worüber soll berichtet werden?	Sitzblockade
Wann hat das Ereignis stattgefunden, wann findet es statt?	Am 21. 5. 19..
Wo ist es passiert, soll es stattfinden?	Kaiserstraße, Ausgangspunkt der geplanten Stadtautobahn
Wie ist (wird) es abgelaufen?	Friedlich, mit Picknick
Warum ist (wird) es dazu kommen, wurde das gemacht, soll das gemacht werden?	In genau einem Monat soll der Autobahnbau beginnen

»Bedeutung« und »Publikumsinteresse« (so lauten die Fachbegriffe) müssen keineswegs identisch sein. Ihnen mag in unserem Beispiel vor allem wichtig sein, *daß* und *warum* die Bürgerinitiative »Grün-Tangente« demonstrierte. Die Leserinnen und Leser interessiert vielleicht mehr, *wie* demonstriert wurde (Sitzblockade mit Picknick). Hinzu kommt: Der zuständige Redakteur entscheidet über die Bedeutung und das Publikumsinteresse. Wie wählen Redakteurinnen und Redakteure aus? Was sind ihre Entscheidungskriterien?

In der Ausbildung lernen Journalisten, daß die *Bedeutung* einer Nachricht abhängt vom Ausmaß und den Konsequenzen eines Ereignisses. Beziehen wir diese Kriterien auf unser Beispiel:
- Haben an der Sitzblockade *viele Menschen teilgenommen?* (Ausmaß)
- Wurde der Verkehr in der Stadt *deutlich beeinträchtigt?* (Konsequenzen)

Für die Entscheidung über das vermutete *Publikumsinteresse* werden folgende Faktoren herangezogen:
- Ort des Ereignisses,
- Zeitpunkt des Ereignisses,
- Prominenz der beteiligten Personen, Parteien, Verbände usw.,
- Neuigkeitsgehalt des Ereignisses,
- »Bedeutungsnähe« des Ereignisses.

Ein Plus wird vergeben für
- Nähe,
- Aktualität,
- prominente Beteiligte.

Auf das Beispiel bezogen: Für die Redaktion der Lokalzeitung ist es ausschlaggebend, daß die Sitzblockade in der Stadt stattfand. Überregionale Zeitungen werden sich für den Ort des Ereignisses weniger interessieren. Erscheint die Zeitung nicht täglich, wird der Zeitpunkt der Sitzblockade in den Hintergrund treten. Beteiligte sich (was sicher unwahrscheinlich ist) der Bürgermeister an der Sitzblockade, erhöht das den Nachrichten-Wert der Meldung.

Einen *Neuigkeitswert* hat Ihre Meldung, Ihr Bericht, wenn in Ihrer Stadt, in Ihrem Dorf oder Landkreis noch nie eine Sitzblockade stattfand. *»Bedeutungsnähe«* haben Ereignisse, wenn sie verbunden sind mit den Erfahrungen, mit dem Alltag der Leserinnen und Leser. Das können Sie in unserem Beispiel von der Leserschaft einer Alternativzeitung annehmen.

Schließlich wird zum (vermuteten) Publikumsinteresse noch das Unterhaltungsbedürfnis gerechnet. Als unterhaltsam werden Ereignisse eingestuft, die

– kurios,
– ungewöhnlich,
– spannend,
– dramatisch,

sind, und Ereignisse, die zum Beispiel von

– Liebe,
– Sex,
– Romantik,
– Tieren

handeln.

Ich beziehe nur einen Punkt auf unser Beispiel: Eine Sitzblockade mit 200 Dackeln kommt bestimmt in die Zeitung.

Die aufgezählten Kriterien orientieren sich in erster Linie an Verkaufszahlen. Zeitungsverlage sind Wirtschaftsunternehmen, die vor allem an hohen Auflagenziffern, an einem guten Geschäft interessiert sind. Und es spielt die politische Grundrichtung der jeweiligen Zeitung eine entscheidende Rolle bei der Nachrichtenauswahl. Ich empfehle Ihnen nicht, sich vorbehaltlos an diesen Kriterien zu orientieren. Wenn Sie sich zum Beispiel dafür engagieren, daß Bäuerinnen und Bauern in der »Dritten Welt« faire Preise für ihre Produkte gezahlt bekommen, ist *Nähe* nicht gegeben (und das Thema ist bei manchen konservativen Blättern nicht gerne gesehen). Sie können andere Entscheidungskriterien aufstellen. Für wichtig halte ich,

- *daß* Sie ihre Meldung oder Ihren Bericht nach Kriterien strukturieren,
- *daß* Sie sorgfältig abwägen zwischen dem, was Ihnen wichtig erscheint, und dem, was andere (den Leserinnen und Lesern bzw. der zuständigen Redakteurin, dem verantwortlichen Redakteur) wichtig erscheinen könnte.

Wenn Sie eine Meldung in der Zeitung unterbringen wollen, müssen Sie auch taktische Überlegungen anstellen. Nehmen wir an, die Zeitung in Ihrer Stadt ist für Atomkraftwerke. Die Bürgerinitiative, in der Sie mitarbeiten, setzt sich für die Abschaltung von Atomkraftwerken ein. Sie haben eine Veranstaltung durchgeführt, auf der eine prominente Politikerin gesprochen hat. Erwähnen Sie das in Ihrer Meldung oder Ihrem Bericht für die Zeitung zuerst, bringen Sie erst dann die Argumente, die gegen Atomkraftwerke vorgetragen wurden. Es ist also nützlich, die Kriterien zu kennen, nach denen der »Wert« einer Nachricht beurteilt wird. Kennen muß nicht anpassen heißen.

Ich übertrage den zweiten Schritt, die Bewertung der Nachrichten-Elemente, in das Schema auf der folgenden Seite.

Reihenfolge

Der dritte Schritt besteht darin, nach der Bewertung der Nachrichten-Elemente die Reihenfolge festzulegen, in der diese Elemente zu einer Meldung oder einem Bericht zusammengestellt werden. Die Nachrichten-Elemente, die ein » + « erhalten haben, stehen am Anfang, die mit einem » – « am Ende. Siehe hierzu das Schema auf Seite 100.

»W«-Fragen	1. Schritt Fakten zuordnen, Kurzantworten geben	2. Schritt Nachrichten-Elemente bewerten
Wer hat etwas gemacht, will etwas machen?	Die Bürgerinitiative »Grün-Tangente«	Prominenz + 0 −
Was ist passiert, was soll geschehen? Worüber soll berichtet werden?	Sitzblockade	Ausmaß + 0 − Konsequenz + 0 −
Wann hat das Ereignis stattgefunden, wann findet es statt?	Am 21. 5. 19..	Aktualität + 0 −
Wo ist es passiert, soll es stattfinden?	Kaiserstraße, Ausgangspunkt der geplanten Stadtautobahn	Nähe + 0 −
Wie ist (wird) es abgelaufen?	Friedlich, mit Picknick	spannend + 0 − kurios + 0 − dramatisch + 0 − usw.
Warum ist (wird) es dazu kommen, wurde das gemacht, soll das gemacht werden?	In genau einem Monat soll der Autobahnbau beginnen	Unterhaltungswert + 0 − Ausmaß + 0 − Konsequenz + 0 −

\+ bedeutet positiv (z.B. prominent)
0 neutral
− negativ (nicht prominent)

Die Reihenfolge ist ein Vorschlag für eine (kurze) aktuelle Meldung. Bei einem (längeren) Bericht könnte beispielsweise eine Schilderung des Wie an erster Stelle stehen.

Am Anfang steht das Wichtigste. Dann folgen nähere Informationen zur Erläuterung (Fakten) und schließlich Einzelheiten (Details).

»W«-Fragen	**1. Schritt** Fakten zuordnen, Kurzantworten geben	**2. Schritt** Nachrichten-Elemente bewerten		**3. Schritt** Reihenfolge festlegen
Wer hat etwas gemacht, will etwas machen?	Die Bürgerinitiative »Grün-Tangente«	Prominent	+ 0 –	An fünfter Stelle
Was ist passiert, was soll geschehen? Worüber soll berichtet werden?	Sitzblockade	Ausmaß Konsequenz	+ 0 – + 0 –	An zweiter Stelle
Wann hat das Ereignis stattgefunden, wann findet es statt?	Am 21. 5. 19..	Aktualität	+ 0 –	An erster Stelle
Wo ist es passiert, soll es stattfinden?	Kaiserstraße, Ausgangspunkt der geplanten Stadtautobahn	Nähe	+ 0 –	An dritter Stelle
Wie ist (wird) es abgelaufen?	Friedlich, mit Picknick	spannend kurios dramatisch usw.	+ 0 – + 0 – + 0 –	An vierter Stelle
Warum ist (wird) es dazu kommen, wurde das gemacht, soll das gemacht werden?	In genau einem Monat soll der Autobahnbau beginnen	Unterhaltungswert Ausmaß Konsequenz	+ 0 – + 0 – + 0 –	An sechster Stelle

Übung 1

Probieren Sie einmal das Arbeiten mit diesem Schema aus. Stellen Sie sich vor, Sie sind Redakteurin bzw. Redakteur der Zeitung, die Sie lesen. Sie bekommen die nachstehende (fiktive) Meldung auf den Tisch, die Sie auf der Seite »Vermischtes« bringen wollen. Übertragen Sie die Informationen in die erste Spalte des Schemas auf Seite 101. Bewerten Sie dann die Nach-

»W«-Fragen	1. Schritt Fakten zuordnen, Kurzantworten geben	2. Schritt Nachrichten-Elemente bewerten	3. Schritt Reihenfolge festlegen
Wer			
Was			
Wann			
Wo			
Wie			
Warum			

richten-Elemente, und legen Sie schließlich die Reihenfolge fest, in der Sie die Meldung aufbauen würden.

wie das nachrichtenmagazin »spiegel« in einer vorausmeldung mitteilt, ist es journalisten gelungen, einem, wie es in der meldung heißt, »eiskalten« plagiat auf die spur zu kommen.

der berliner wissenschaftler robert fischer hat seine 1981 angenommene dissertation »frech« abgeschrieben. das original wurde jetzt an der universität parma entdeckt. dort hatte der inzwischen verstorbene luigino sfriso 1978 eine arbeit mit dem titel »il linguaggio dei gesti« vorgelegt, die vom zuständigen fachbereich mit »sehr gut« bewertet wurde.

1981 promovierte fischer mit der arbeit »die sprache der gesten« an der tu berlin. kein wort, abgesehen vom dank an seinen doktorvater, stammt aus fischers feder, seine leistung besteht lediglich in der wörtlichen übersetzung von sfrisos arbeit.

unklar ist zum gegenwärtigen zeitpunkt noch, ob er diese übersetzung wirklich selbst gemacht hat. gewöhnlich gut unterrichtete kreise aus dem wissenschaftsbereich berichten, fischers italienischkenntnisse hätten allenfalls volkshochschulniveau.

dpa ist es nicht gelungen, fischer zu erreichen. es heißt, er halte sich in einer kleinstadt am rhein auf.

Zu dieser Übung gibt es keine Musterlösung, sondern nur einige Hinweise: Wenn Sie in Bremen oder München wohnen, ist der Hinweis, daß Robert Fischer sich vermutlich in einer Kleinstadt am Rhein aufhält, von untergeordneter Bedeutung. Wohnen Sie am Rhein, kann diese Ortsangabe an den Anfang der Meldung gestellt werden (reißerisch: »Fälscher in Bonn untergetaucht?«). Sie können davon ausgehen, daß Robert Fischer kein prominenter Wissenschaftler ist (»Wer« bekommt daher ein Minus in der dritten Spalte). Für eine Berliner Zeitung kann es wichtig sein, daß Robert Fischer aus Berlin stammt.

Vorbericht

In Meldungen oder Berichten, die einem Ereignis vorausgehen, steht das am Anfang, *was* sich ereignen wird. Nehmen wir an, Sie wollen die Presse über eine Veranstaltung (Fest, Vortrag, Mitgliederversammlung usw.) informieren, die Ihr Verein durchführen will. Am Anfang dieser Meldung sollte nicht stehen, *daß* Sie eine Veranstaltung durchführen, sondern *was* sich in der Veranstaltung ereignen wird. Ich will das an einem einfachen Beispiel verdeutlichen:

Nachrichtenaufbau

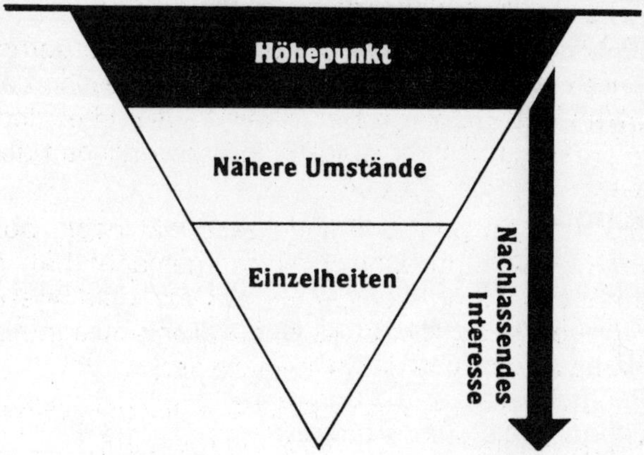

»Am Dienstag, 7. Mai, um 17.30 Uhr beginnt die DLRG in Grünstadt mit einem neuen Schwimmkurs für Kinder ab sechs Jahre und Erwachsene in der Hans-Böckler-Schule.«

In dieser Ankündigung steht das Was – der Schwimmkurs – nicht zuerst. Das Wichtigste – der Schwimmkurs – gehört jedoch an den Anfang.

Ein anderes Beispiel. Die Fakten:

Wer?	Siggi Kelly, sozialpolitische Expertin der SPD,
Was?	Vortrag: »Die Problematik der Rentenfinanzierung unter besonderer Berücksichtigung der zu erwartenden Bevölkerungsentwicklung bis zum Jahre 2050«,
Wann?	Mittwoch, 13. Mai, 20 Uhr,
Wo?	Vortragssaal des Stadtmuseums.

Am Anfang der Veranstaltungsankündigung wird entweder das Thema oder die Referentin stehen, wenn sie allgemein bekannt ist. Das Thema des Vortrags muß umformuliert werden; es klingt nach einem akademischen Fachvortrag: »Über Probleme der Rentenfinanzierung spricht Siggi Kelly, sozialpolitische...« Sie können, nachdem das Wichtigste gesagt ist, ergänzen: »Frau Kelly wird in ihrem Vortrag besonders die... berücksichtigen.«

Übung 2

Machen Sie aus folgenden Angaben eine Meldung:

- Kreissparkasse Hausdorf, Hauptstraße 218,
- 10. bis 23. Januar,
- Renate Kuhn,
- Lithographien und Aquarelle,
- Montags bis freitags, während der regulären Öffnungszeiten,
- Eröffnung in Anwesenheit der Künstlerin: 10. Januar, 15 Uhr.

Auch zu dieser Übung gibt es keine Musterlösung. Beachten sollten Sie: An den Anfang gehört Renate Kuhn und das, was sie macht. Das Datum der Ausstellungs-Eröffnung sollte vor dem Hinweis auf die Dauer und die Öffnungszeiten der Ausstellung stehen.

Übung 3

Schreiben Sie folgende Vorabmeldung um:

Am 12. Januar beginnt in der Fachhochschule für Sozialarbeit, Fritz-Erler-Straße 122–132, eine Konferenz über Vorbeugemaßnahmen gegen den Drogenkonsum, dem immer mehr Jugendliche aufgrund von mangelndem Selbstwertgefühl, Perspektivlosigkeit und anderen Faktoren gerade in Zeiten wachsender Arbeitslosigkeit verfallen. Die Bekämpfung des Drogenkonsums beschränkt sich in den letzten Jahren nicht mehr auf die Herstellung von Informationsbroschüren und abschreckenden Plakaten, sondern verlagert sich in den Bereich der Vorbeugung, mit der sich auch die Teilnehmer der Fachkonferenz, die von Staatssekretär Hammerbacher eröffnet wird, beschäftigen werden.

Meinen Vorschlag finden Sie am Ende des Kapitels. Bevor Sie Ihr Ergebnis vergleichen, prüfen Sie bitte, ob Sie Schachtelsätze vermieden haben.

Ergebnis-, Handlungs-, Zitatenbericht

Die Veranstaltung mit Siggi Kelly hat stattgefunden, die Ausstellung von Renate Kuhn wurde eröffnet, die Konferenz über Vorbeugung gegen Drogenkonsum ist beendet – und Sie wollen darüber berichten. Sie wissen: Das Wichtigste steht zuerst. Der Aufbau eines Berichts oder einer Meldung ergibt sich aus der Schwerpunktsetzung. Wollen Sie in erster Linie

- über den Ablauf (zum Beispiel der Ausstellungseröffnung),
- über Ergebnisse (zum Beispiel der Fachkonferenz),
- über Aussagen (zum Beispiel von Siggi Kelly)

berichten?

Wollen sie also einen

- Handlungsbericht oder einen
- Ergebnisbericht oder einen
- Zitatenbericht

schreiben?

Beim **Handlungsbericht** steht der Höhepunkt am Anfang. Dann folgt eine Schilderung, wie es zu diesem Höhepunkt kam. Der Handlungsbericht ist also nicht chronologisch aufgebaut.

Nehmen wir das Beispiel Ausstellungseröffnung. Am Anfang könnte stehen: »Der Direktor der Kreissparkasse Hausdorf zerstörte gestern eine wertvolle Lithographie von Renate Kuhn.« Dann folgen Informationen, wie es dazu kam (Direktor betrunken), wie die Anwesenden reagierten und Näheres zur Ausstellung.

Im **Ergebnisbericht** stehen Informationen über das Ergebnis einer Veranstaltung, Konferenz, Tagung oder eines (Gerichts-)Verfahrens am Anfang.

Ein Bericht über die Fachkonferenz könnte wie folgt beginnen: »Drei Millionen DM fordern Experten von der Bundesregierung für eine bundesweite Aufklärungskampagne.« Danach kommen Informationen über die näheren Umstände und Details, die zu diesem Ergebnis führten.

Ein **Zitatenbericht** beginnt mit einer zentralen Aussage einer Politikerin, eines Konferenzteilnehmers, eines Vereinsvorsitzenden usw. Es folgen Informationen über die Hintergründe und/oder den Anlaß dieser Äußerung.

»Eine Grundrente für alle«, forderte Siggi Kelly, sozialpolitische Expertin der SPD.
An diese Kernaussage schließen sich weitere Informationen über den Vortrag von Siggi Kelly an.

Sie können Aussagen in direkter oder in indirekter Rede wiedergeben.

Direkte Rede
»Es gibt nur eine sozialpolitisch akzeptable Lösung des Rentenproblems: eine Grundrente für alle.« Mit dieser Feststellung beendete Siggi Kelly, sozialpolitische Expertin der SPD, ihren Vortrag...

Indirekte Rede
Variante 1:
Eine Grundrente für alle *sei* die einzige sozialpolitisch akzeptable Lösung des Rentenproblems. Diese Ansicht äußerte Siggi Kelly...

Variante 2
Nach Ansicht von Siggi Kelly *ist* eine Grundrente für alle die einzige sozialpolitisch akzeptable Lösung des Rentenproblems.

Übung 4

Nachfolgend sind Daten und Fakten zu zwei Ereignissen aufgeführt. Stellen Sie sich vor, Sie waren an diesen Ereignissen beteiligt und wollen über jedes dieser Ereignisse eine Meldung bzw. einen Bericht schreiben. Überlegen Sie, für welches Ereignis Sie einen Handlungsbericht schreiben wollen oder einen Ergebnis- bzw. Zitatenbericht. Schreiben Sie dann zu jedem der beiden Ereignisse den ersten Satz einer Meldung bzw. eines Berichts.

1. Die Daten und Fakten (Sie können weitere hinzufügen):
   - Aktionen gegen »Sextourismus«
   - 24. November: Diskussionsveranstaltung über »Sextourismus«
   - Referentin: Elvira Niesner, Vorsitzende der »Arbeitsgemeinschaft gegen internationale sexuelle und rassistische Ausbeutung (agisra)«
   - Ort: Flughafen Frankfurt (Drehscheibe für Sextouristen)
   - 25. November: Straßenaktion
   - ein Mann wird verlost, Informationen über »Sextourismus«, ein Katalog für Frauen »Männer ihrer Träume« nach dem Vorbild der Kataloge mit Frauen aus der Dritten Welt
   - 25. November ist seit 1981 internationaler Aktionstag »Nein zur Gewalt gegen Frauen«

Ihr erster Satz:

2. Die Daten und Fakten (Sie können weitere hinzufügen):
   - Jahreshauptversammlung eines gemeinnützigen Vereins
   - Einziger Tagesordnungspunkt: Vorstandswahlen
   - Bisher im Vorstand: Oskar Schneider, Geschäftsführer der Arbeiterwohlfahrt (Vorsitzender), Rita Sauer (SPD), Mitglied des Bundestages (stellvertretende Vorsitzende), Otto Fries, Stadtdirektor (Kassierer)
   - Schneider und Sauer wurden ohne Gegenkandidaten mit großer Mehrheit wiedergewählt
   - Umstritten war Otto Fries. Gegen ihn kandidierte Ursula Hentschel, Mitglied der Grünen
   - Das Wahlergebnis: 13 Stimmen für Otto Fries, 15 für Ursula Hentschel
   - Oskar Schneider: »Die Vorstandsarbeit wird schwerer.«
   - Otto Fries: »Grüne unterwandern Wohlfahrtsverbände.«

Ihr erster Satz:

Meine Vorschläge finden sie am Ende dieses Kapitels.

Pressemitteilung

Sie wollen die Öffentlichkeit informieren über
- einen Standpunkt Ihrer Organisation,
- eine Auffassung Ihres Vereins,
- ein Vorhaben Ihrer Initiative,
- eine Entscheidung Ihrer Einrichtung,
- usw.

Das können Sie in der Form einer Pressemitteilung tun. Damit aus der Pressemitteilung eine Nachricht in der Zeitung wird, sollte berücksichtigt werden, was zuvor über Meldungen bzw. Berichte gesagt wurde:
- Die »W«-Fragen sind zu beantworten.
- Das Wichtigste steht am Anfang.

Und: Eine Pressemitteilung sollte kurz sein (nicht mehr als eine Seite). Sie ist nicht geeignet für allgemeine Kommentare zur Weltgeschichte, für philosophische Erörterungen oder detaillierte Schilderungen. Da Sie Kürzungen durch die Redaktion der jeweiligen Zeitung nicht verhindern können, sollte das Wichtigste auf jeden Fall am Anfang stehen, denn gewöhnlich wird die Pressemitteilung vom Ende her gekürzt. Ein Beispiel:

Pressemitteilung Nr. XYZ/95

Überschrift:	Farbprobleme
Thema:	SPD fordert farbpolitischen Untersuchungsausschuß
Vorspann: (Sachverhalt, Zusammenhang)	Der FDP-Abgeordnete Otto ABC hat behauptet, die SPD und die Grünen würden durch Koalitionen und gemeinsame Anträge die bewährte politische Farbenlandschaft durcheinanderbringen. Vorsätzlich würden beide Parteien Farbverwirrung in die FDP-Fraktion tragen, die zu unkontrollierten Tränen bei prominenten FDP-Abgeordneten führt. Dazu erklärt der Frak-

Wer	tionsvorsitzende der SPD, Rudolf YXZ:
Was, Wann	Die SPD hat heute einen Antrag in den Bundestag **[wo]** eingebracht, in dem sie die Einsetzung eines parlamentarischen Untersuchungsausschusses fordert. Der Ausschuß soll die Fragen klären, welche Ursachen zu der Farbverwirrung in der FDP-Fraktion geführt haben und ob die unkontrollierten Tränen durch Eigenverschulden (Weinen über verlorene Wählerstimmen) oder durch gezieltes farbenpolitisches Einwirken anderer Mitglieder des Parlaments zustande kommen.
Wie	Durch eine interfraktionelle Absprache haben wir die Stimmenzahl gesichert, die für die Einsetzung des Ausschusses notwendig ist.
Warum	Wir können es nicht länger hinnehmen, ständig den Unterstellungen und Verunglimpfungen durch den politischen Gegner ausgesetzt zu sein. Wir hoffen, daß der Untersuchungsausschuß die Ursachen der Verwirrung in der FDP-Fraktion aufklären wird. Eine Verleumdungsklage behält sich die SPD-Fraktion vor.

In Pressemitteilungen wird häufig zugleich berichtet bzw. informiert und kommentiert bzw. argumentiert. Diese Textform leitete über zum nächsten Abschnitt, in dem es um Meinungsbeiträge geht.

Übung 5

Prüfen Sie bitte, welche W-Fragen bei der folgenden Pressemitteilung einer Arbeitsgemeinschaft von Einrichtungen der Altenarbeit unbeantwortet bleiben.

Streichen Sie ferner Phrasen, hohle Formulierungen und Substantivierungen an.

Pressemitteilung
»Die Versorgung alter und kranker Menschen ist gefährdet.
Netzwerk Ostend: ein konstruktives Lösungsmodell«

Das Netzwerk Ostend ist eine Arbeitsgemeinschaft verschiedenster Einrichtungen der Altenarbeit. Die mitarbeitenden RepräsentantInnen der unterschiedlichen Institutionen stellten ihre Vorschläge zur Verbesserung der Situation alter Menschen den zuständigen BezirkspolitikerInnen und Bundestagsabgeordneten vor.

Es wurden u.a. angesprochen:
- Einrichtung eines pflegerischen Notdienstes;
- Schaffung von Transparenz über das vorhandene Angebot, z.B. in Form eines Stadtteilführers;
- Unterstützung von pflegenden Angehörigen durch Schulung und Beratung.

Der Sozialdezernent, Herr Dehm, der Bundestagsabgeordnete Herr Vogt sowie die VertreterInnen der Bezirksfraktionen zeigten sich beeindruckt von der kooperativen Zusammenarbeit und wollen das Netzwerk auch in Zukunft unterstützen.

Regine Eberstein-Bernburg
Sprecherin des Netzwerk Ostend
Tel.: (069) 123456-0

Diese Pressemitteilung (Namen und Ort habe ich verändert) gibt keine Auskunft über:

____

____

____

Meine Anmerkungen stehen am Ende dieses Kapitels.

Zusammenfassung:
In einer Meldung, einem Bericht sollten alle »W«-Fragen beantwortet werden. Am Anfang steht das Wichtigste. Dann folgen Informationen zur näheren Erläuterung und schließlich weitere Einzelheiten.

Buch-Tip:
Wenn Sie mehr als einmal im Monat eine Meldung, einen Bericht oder eine Pressemitteilung schreiben, lohnt die Anschaffung des Lehrbuchs von Siegfried Weischenberg: Nachrichtenschreiben. Journalistische Praxis zum Studium und Selbststudium. Opladen 1988. Wenn Sie seltener einen Text für die Presse schreiben, genügt folgende Broschüre: »... und morgen steht es in der Zeitung«. ABC der Pressearbeit. Herausgegeben vom Paritätischen Wohlfahrtsverband, Landesverband Nordrhein-Westfalen, Wuppertal 1992.

Übungs-Tip:
Schauen Sie sich in den nächsten Tagen den Aufbau von Meldungen und Berichten in Ihrer Zeitung einmal genauer an.

II. Meinungsbeiträge

Die »klassischen« Meinungsbeiträge in Medien sind der Kommentar, der Leitartikel und die Glosse. Kommentare *werten* Ereignisse und Entwicklungen. Sie sind im Fernsehen, zum Beispiel in den »Tagesthemen« der ARD, und in Zeitungen und Zeitschriften meist das

Privileg leitender Redakteure (Chefredakteur, Abteilungsleiterin).

Wenn Sie für die Zeitung eines Vereins, einer Initiative usw. Kommentare schreiben, sollten Sie drei Hinweise beachten:

1. Die Leserin, der Leser muß nachlesen können, worauf sich der Kommentar bezieht. In der Zeitung muß also auch eine Meldung stehen, die über das informiert, was kommentiert wird.
2. Der Kommentar sollte möglichst wenig Meldung enthalten. Wenn Meldungen aufgenommen werden, um deutlich zu machen, was kommentiert wird, dann nur als kurze Verweise. Zum Beispiel: »Verteidigungsminister XYZ hat sich wieder einmal als Elefant im politischen Porzellanladen erwiesen. Seine Entscheidung ...«
3. Kommentare sind kein Forum, um »Dampf abzulassen« oder Empörung loszuwerden. Sie können ein Ereignis oder eine Entwicklung scharf kritisieren, sollten dabei aber stets *rational argumentieren*.

Argumentieren steht in diesem Abschnitt im Vordergrund. Es geht um die Frage: Wie kann eine Argumentations-Struktur aufgebaut werden, wenn Sie

- in einem Kommentar einen Vorgang bewerten,
- in einem Leserbrief ein Ereignis kommentieren,
- in einem Flugblatt zu einer Entwicklung Stellung nehmen wollen?

Die erste Antwort lautet:

◆ **vom Ziel her denken.**

Viele Meinungsbeiträge sind weitschweifig oder gar konfus, weil sie nicht vom Ziel des Textes her gedacht sind. Anfängerinnen und Anfänger verwenden häufig sehr viel Zeit und Energie darauf, den ersten Satz gut zu formulieren. Beides fehlt ihnen dann oft für den Hauptteil des Textes. Meine Empfehlung lautet: Beginnen sie Ihre Überlegungen mit der Frage: Was ist das

Ziel meines Artikels, was will ich erreichen? Will ich mich für eine Problemlösung, einen Vorschlag, eine Forderung einsetzen, oder will ich einen Standpunkt begründen? Wenn Sie über das Ziel Ihres Artikels Klarheit haben, verfügen Sie über den entscheidenden Ausgangs- und Bezugspunkt für eine strukturierte Argumentation.

Konzentrieren Sie sich dann auf die *Begründung*. Was spricht dafür? Welche Argumente und Beispiele stützen mein Anliegen, meine Forderungen oder meinen Standpunkt? Überlegen Sie erst zum Schluß, wie fange ich an, welchen Einstieg wähle ich? (Vgl. dazu S. 128.) Ich empfehle Ihnen also folgenden »Denkplan«.

Denkplan:

Erster Schritt:	Schluß	= Ziel
	↓	
Zweiter Schritt:	Hauptteil	= Begründung
	↓	
Dritter Schritt:	Einleitung	= Einstieg

Zusammengefaßt: Am Anfang Ihrer *Überlegungen* sollte der Schluß stehen und am Ende Ihrer Überlegungen der Beginn Ihres Textes.

Am Anfang Ihres *Textes* steht umgekehrt der Einstieg und am Ende der Zielsatz. Das ergibt den »Aufbau« auf Seite 116.

Betrachten wir nun die Struktur des *Hauptteils:* Sie ergibt sich aus dem Ziel eines Beitrages. Ich unterscheide

Aufbau:

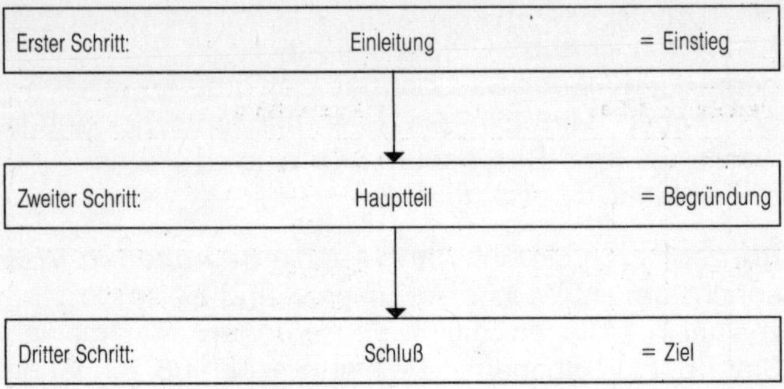

zwischen Texten mit dem Ziel, von einer *Problemlösung*, einem *Vorschlag* zu überzeugen, und Texten, die einen *Standpunkt* begründen.

Problemlösung

Steht eine Problemlösung, ein Vorschlag im Vordergrund, bietet sich für den begründenden Hauptteil folgende Argumentations-Struktur an:

1. **Situationsbeschreibung**
   Wie ist der augenblickliche Zustand? Wie war die Situation bisher?

2. **Perspektive**
   Wie sollte es sein? Welcher Zustand soll erreicht werden? Wie kann eine bessere Situation aussehen?

3. **Lösungsmöglichkeiten**
   Wie kann das Ziel erreicht werden?

Die gesamte Argumentation hat dann folgende Struktur:

Denkplan	Aufbau	Argumentation
3. Schritt ↑	1. Schritt	**Einleitung** Zum Hauptteil hinführender Einstieg
2. Schritt	2. Schritt	**Hauptteil** 1. Situationsbeschreibung Was war, was ist? 2. Perspektive Wie sollte es sein? 3. Lösungsmöglichkeiten Wie ist das zu erreichen?
1. Schritt	↓ 3. Schritt	**Schluß** Problemlösung, Vorschlag: Das ist zu tun So soll vorgegangen werden Das ist (sind) meine Forderung(en)

Ein Beispiel:

Einleitung

Ein altes Sprichwort aus Asien sagt: »Umwege erhöhen die Ortskenntnis.« Gegen Umwege ist nichts einzuwenden, wenn man zum Beispiel im Urlaub mit Zeit und Muße eine fremde Stadt besichtigt. Umwege werden zu Irrwegen, wenn Menschen auf dem Weg verlorengehen.

Hauptteil

1. Situationsbeschreibung

Genau das ist die Situation in unserem Verein. Seit drei Jahren nimmt die Zahl der aktiven Mitglieder kontinuierlich ab. Vor allem Frauen und junge Mitglieder ziehen sich von der Mitarbeit zurück. Als Gründe für diesen Schritt werden in erster Linie genannt: die fehlenden Möglichkeiten, wirklich Einfluß auf die Vereinsarbeit nehmen zu können, die fehlende Diskussionsbereitschaft des Vorstandes und der Vereins»veteranen«. Wenn diese Entwicklung anhält, sind wir in drei Jahren ein Seniorenverein.

2. Perspektive
Wie müßte ein Vereinsleben aussehen, das Frauen und Jugendliche nicht abschreckt? Dazu gehören sicher: Sitzungen mit lebhaften Diskussionen, bei denen gestritten *und* gelacht wird; Sitzungen, auf denen nicht nur Geschichten von früher erzählt, sondern Perspektiven entwickelt werden; Diskussionen, bei denen auf die Stimmen aller, auch junger Mitglieder, gehört wird; Sitzungen, bei denen auch über persönliche Erfahrungen und Probleme gesprochen wird, das sogenannte Private nicht verpönt ist.

3. Lösungsmöglichkeiten
Wie ist eine solche Situation bzw. Atmosphäre zu erreichen? Mit guten Worten und Vorsätzen ist es nicht getan, das zeigen die Erfahrungen der letzten Jahre. Wir müssen spürbare Veränderungen vornehmen, neue Strukturen schaffen, die gewährleisten, daß unsere Arbeit und unsere Sitzungen effektiver und attraktiver werden.

Schluß
Deshalb schlage ich vier Veränderungen vor:
1. Der Vorstand wird künftig paritätisch aus Frauen und Männern zusammengesetzt.
2. Niemand darf länger als zwei Jahre hintereinander Mitglied des Vorstandes sein.
3. Es machen nicht immer dieselben die Diskussionsleitung, sondern auf jeder Sitzung leitet jemand anderes die Diskussion.
4. Es wird eine Vorbereitungsgruppe gebildet, die dafür sorgt, daß auf den Sitzungen organisatorische Fra-

gen kurz und knapp behandelt werden, damit die Sitzungen nicht immer bis kurz vor Mitternacht dauern.

Standpunkt

Wenn die Begründung eines Standpunkts im Vordergrund steht, sieht eine typische Argumentationsfolge so aus:

Denkplan	Aufbau	Argumentation
3. Schritt	1. Schritt	**Einleitung** Behauptung
2. Schritt	2. Schritt	**Hauptteil** Begründung
1. Schritt	3. Schritt	**Schluß** Schlußfolgerung

Übung 6

Stellen Sie sich bitte folgende Situation vor: Sie wohnen in einer Kleinstadt. Auf der Hauptstraße ist von morgens bis abends sehr starker Verkehr. Hunderte von PKWs und LKWs fahren durch die Stadt. Täglich ereignen sich Unfälle. Besonders Kinder sind gefährdet. Abgase und Lärm bedrohen die Gesundheit. Sie vertreten den Standpunkt, daß der Durchgangsverkehr um Ihre Stadt herumgeführt werden muß. Sie wollen diese Probleme und Ihre Schlußfolgerung für einen Leserbrief zu Papier bringen. Strukturieren Sie Ihren Text in Anlehnung an folgendes Muster:

Einleitung: Behauptung

Hauptteil: Begründung

Schluß: Schlußfolgerung

Für diese Übungsaufgabe gibt es keine Musterlösung. Sie können Ihre Argumentation mit Hilfe folgender Fragen überprüfen:

1. Beruht die *Behauptung* auf überprüfbaren Tatsachen?
2. Ist meine *Begründung* schlüssig?
   - Stützen meine Belege die Behauptung?
   - Sind die Beispiele treffend (von allgemeiner Bedeutung)?
3. Ist die *Schlußfolgerung* nachvollziehbar?

Wenn Sie Ihre Argumentation in der Auseinandersetzung mit Auffassungen anderer entwickeln, können Sie ebenfalls auf dieses Argumentationsmuster zurückgreifen. Sie müssen lediglich die Einleitung um die Auffassungen bzw. Meinungen ergänzen, auf die sich Ihre Argumentation bezieht. Das zeigen die folgenden drei Beispiele:

1. Einem Standpunkt widersprechen

Einleitung: Anknüpfung und Behauptung
Franz Klein vertritt in seinem Leitartikel vom Wochenende die Auffassung, an der Benachteiligung von Frauen auf dem Arbeitsmarkt könne dadurch etwas geändert werden, daß man an Unternehmen appelliert, Frauen-Förderpläne aufzustellen. Ich meine, das ist faktisch ein Plädoyer für die Beibehaltung des Status quo.

Hauptteil: Begründung
Die Entwicklung der letzten Jahre zeigt, daß Appelle nichts nützen; freiwillig ändert vor allem die Privatwirtschaft ihre Einstellungspraxis nicht. Trotz erklärter Bereitschaft, Frauen bei Einstellungen zu bevorzugen, liegt ihre Arbeitslosenquote bei 51 Prozent, ihre Erwerbsquote hingegen nur bei 40 Prozent. Ihr Anteil an den sogenannten Zukunftsberufen – z.B. bei Software- und Systemspezialisten – beträgt 14 Prozent. Trotz er-

klärter Bereitschaft, verstärkt Frauen bei der Besetzung von Spitzenpositionen zu berücksichtigen, sind Frauen nach wie vor von leitenden Positionen weitgehend ausgeschlossen. Ihr Anteil an Führungs- und Leitungspositionen im EDV-Bereich macht nur 3,6 Prozent aus. Trotz gestiegenen Qualifikationsniveaus stagniert der Anteil der Frauen in den Schaltstellen der Wirtschaft bei rund zwei Prozent.

Schluß: Schlußfolgerung
Unverbindliche Pläne und Absichtserklärungen führen zu keiner spürbaren Veränderung der Situation von Frauen auf dem Arbeitsmarkt. Notwendig sind daher gesetzliche Maßnahmen zur Gleichstellung der Frauen im Berufsleben.

2. Standpunkte verbinden

Einleitung: Anknüpfung und Behauptung
Die IG Luft setzt sich für eine Verkürzung der Wochenarbeitszeit ein. Die IG Wasser favorisiert längere Urlaubszeiten. Ich meine, diese Positionen müssen keine Gegensätze darstellen.

Hauptteil: Begründung
Gewerkschaftspolitik muß mindestens zweierlei leisten: Sie muß wirkungsvoll die Arbeitslosigkeit bekämpfen, und sie muß dafür sorgen, daß die Menschen, die Arbeit haben, von der Arbeit nicht aufgefressen werden. Wirksamstes Mittel zur Schaffung neuer Arbeitsplätze ist die Verkürzung der wöchentlichen Arbeitszeit. Sie ist, im Vergleich zu anderen Modellen der Arbeitszeitverkürzung, von den Unternehmern am wenigsten durch technisch-organisatorische Maßnahmen aufzufangen und macht daher die meisten Neueinstellungen notwendig. Bestrebungen, die Arbeit zu intensivieren, kann mit gewerkschaftlichen Mitteln allerdings nur be-

grenzt entgegengetreten werden. Schon aus diesem Grunde ist eine Ausweitung des Urlaubs ein wichtiges Ziel. Andere Gründe kommen hinzu, zum Beispiel eine zeitliche Ausdehnung der Möglichkeiten, anderen Interessen nachzugehen. Wenn längerer Urlaub zudem den Effekt hat, daß zusätzliche Arbeitsplätze eingerichtet werden müssen, kann uns das nur recht sein.

Schluß: Schlußfolgerung
Wir sollten daher das eine tun ohne das andere zu lassen: für die 35-Stunden-Woche und längeren Urlaub eintreten.

3. Standpunkte verbinden und weiterentwickeln

Einleitung: Anknüpfung und Behauptung
Die ABC meint, an der Benachteiligung von Frauen auf dem Arbeitsmarkt könne dadurch etwas geändert werden, daß man an Unternehmen appelliert, Frauen-Förderpläne aufzustellen. Die XYZ tritt für eine Quotierung aller Stellen im öffentlichen Dienst ein. Ich meine, diese Positionen lassen sich verbinden.

Hauptteil: Begründung
Im öffentlichen Dienst können, da er in der Verantwortung der Bundes- bzw. Landesregierungen liegt, leichter Reformen durchgesetzt werden, die die Benachteiligung der Frauen im Berufsleben abbauen. Solche Reformen sind dringend notwendig, denn noch immer sind Frauen in den mittleren und leitenden Positionen im öffentlichen Dienst unterrepräsentiert. So macht ihr Anteil an den höchsten Professoren-Stellen (C 4), um nur ein Beispiel anzuführen, noch keine fünf Prozent aus. Daß auch in der Privatwirtschaft etwas getan werden muß, ist offenkundig: Die Arbeitslosenquote von Frauen beträgt 51 Prozent, ihre Erwerbsquote hinge-

gen nur 40 Prozent. Ihr Anteil an den sogenannten Zukunftsberufen – z.B. bei Software- und Systemspezialisten – liegt bei nur 14 Prozent. Frauen sind nach wie vor von leitenden Positionen weitgehend ausgeschlossen. So stellen sie nur 3,6 Prozent der Führungs- und Leitungspositionen im EDV-Bereich. Trotz gestiegenen Qualifikationsniveaus stagniert der Anteil der Frauen in den Schaltstellen der Wirtschaft insgesamt bei nur rund zwei Prozent. Da in der Privatwirtschaft eine Quotierung allenfalls langfristig durchzusetzen ist, sind hier Frauen-Förderpläne ein Mittel, um der Benachteiligung der Frauen entgegenzuwirken.

Schluß: Schlußfolgerung
Allerdings darf sich die Forderung nach Förderplänen nicht, wie bei der ABC, auf unverbindliche Appelle beschränken. Vielmehr muß ein gesetzliches Instrumentarium geschaffen werden, das dieser Forderung Nachdruck verleiht: Die Vergabe von öffentlichen Aufträgen und die Gewährung von Steuerpräferenzen an Unternehmen ist an den Nachweis zu binden, daß tatsächlich auf allen Ebenen mehr Frauen eingestellt wurden.

Die beiden Argumentations-Schemata und die kurzen Beispiele sind als Anregungen zu verstehen. Sie beziehen sich nicht auf einen bestimmten Schreibanlaß; sie können vielmehr flexibel für bestimmte Textformen (zum Beispiel einen Leserbrief) verwendet werden. Sie sollten auf keinen Fall als Anleitung zum Schematismus verstanden, sondern als Schreib»werkzeug« genutzt werden. Auf drei Schreibanlässe will ich noch kurz eingehen.

Leserbrief

Der Aufbau eines Leserbriefs hängt vom Inhalt ab. Unabhängig vom Inhalt sollte beachtet werden:

- Kurze Leserbriefe (ca. 30 Zeilen mit 60 Anschlägen) haben die größte Chance, gedruckt zu werden. (Zum Thema Kürze vgl. Kapitel 2.)
- Schwer lesbare Zuschriften landen meist gleich im Papierkorb des zuständigen Redakteurs.
- Geben Sie den Titel und das Datum des Artikels an, auf den sich Ihr Leserbrief bezieht.
- Überlegen Sie sich eine treffende Überschrift für Ihren Leserbrief.
- Für Leserbriefe, die in erster Linie einen Bericht bzw. eine Meldung durch weitere Informationen ergänzen wollen, sind die Hinweise im ersten Abschnitt dieses Kapitels nützlich. Für Leserbriefe, die vorrangig eine Meinung, einen Standpunkt ausdrücken wollen, sind die Hinweise zur Argumentation in diesem Abschnitt zweckdienlich.

Besprechungen

Rezensionen oder Kritiken sind häufig aus zwei Gründen schlecht:

1. Sie informieren nicht über das (Buch, Film, Konzert usw.), worüber sie urteilen. Das ist kein Problem bei einem Kommentar, wenn man die Möglichkeit hat, sich eine eigene Meinung aufgrund der Meldung zu bilden, auf die sich der Kommentar bezieht. Wer ein Buch, einen Film, ein Konzert usw. bespricht, sollte daran denken, daß die Leserinnen und Leser das »Ereignis« in der Regel (noch) nicht kennen – also informiert werden müssen.

2. Rezensenten meinen, die Darstellung *ihrer* Begeisterung oder *ihrer* Enttäuschung sei ausreichende Information und für die Leserinnen und Leser hinreichende Grundlage für eine Urteilsbildung. Wer eine Besprechung schreibt, sollte daran denken, daß sie oder er *für andere* schreibt. Die Leserinnen und Leser interessiert in erster Linie das, was be-

sprochen wird, und weniger die Gefühle des Rezensenten.

Wer eine Rezension schreibt, sollte
- das besprochene Buch, den Film usw. *verstanden* haben,
- ausreichend und verständlich über den Gegenstand *informieren,*
- ein *begründetes* Urteil abgeben,
- *informatives* Hintergrundwissen zum Beispiel über den Autor (die Regisseurin), das Thema usw. liefern,
- *fair urteilen,* da sich die Betroffenen in der Regel gegen einen ungerechtfertigten »Verriß« nicht wehren können.

Flugblatt

Ein Flugblatt soll informieren, kommentieren (werten) und häufig auch appellieren, zu etwas aufrufen. Ein Flugblatt-Text ist in erster Linie von den jeweiligen politischen Auffassungen und Zielen geprägt. Wenn ein Flugblatt als Mittel der demokratischen Willensbildung genutzt wird, sollte sich das demokratische Anliegen auch im Text widerspiegeln. Darunter verstehe ich:
- die Informationen müssen stimmen,
- es muß rational argumentiert werden,
- Schlußfolgerungen oder Forderungen müssen nachvollziehbar sein. Das heißt nicht, daß alle sie *akzeptieren* werden, sondern meint, daß zu *verstehen* ist, aufgrund welcher Argumente eine bestimmte Schlußfolgerung gezogen oder eine Forderung aufgestellt wird.

Beim Schreiben von Flugblättern sollte man davon ausgehen, daß die Leserinnen und Leser denken können. Ein Text, der versucht, ihnen das Denken abzunehmen oder vorzuschreiben (alles »vorkaut«), wird meist auf Ablehnung stoßen.

Häufen sich Superlative (vgl. S. 29f.) in einem Flugblatt-Text, ist das meist ein untrügliches Zeichen dafür, daß die Schreiberin oder der Schreiber den eigenen Schilderungen oder Argumenten nicht traut und deshalb besonders dick aufträgt. Superlative erzielen häufig einen anderen als den gewünschten Effekt. Nehmen wir zum Beispiel an, die Bundesregierung hat eine Entscheidung getroffen, die für Arbeitslose zahlreiche Nachteile bedeutet. Dann müssen diese Entscheidung und die Folgen präzise beschrieben werden. Macht diese Beschreibung deutlich, daß die Entscheidung den Betroffenen schadet, muß dem nichts hinzugefügt werden. Verdeutlicht die Beschreibung das nicht, dann ist entweder die Entscheidung nicht so gravierend oder die Beschreibung schlecht – und muß überarbeitet werden. Eine schlechte Schilderung, »garniert« mit Formulierungen wie

- »aufs brutalste« (das soziale Netz zerschnitten),
- »in skandalöser Weise« (Leistungen gekürzt),
- »aufs dramatischste« (die Situation der Arbeitslosen verschlechtert),

überzeugt nicht, sondern macht den gesamten Text unglaubwürdig. Empörung über ein Ereignis oder eine Entscheidung ist ein guter Grund, ein Flugblatt zu schreiben. Empörung ergibt allerdings noch keinen vernünftigen Flugblatt-Text. Um anderen die eigene Empörung verständlich zu machen, muß man beim Schreiben einen »kühlen Kopf« bewahren.

Flugblätter werden für *andere* geschrieben. Sie sollten auch an

- den Informationsstand,
- den Erfahrungshorizont und
- das Sprachempfinden

potentieller Leserinnen und Leser anknüpfen. Es mag ein gutes Gefühl vermitteln, die »Bonzen«, »Bosse« und »Kapitalisten« oder die »patriarchalische Herrschaft« usw. anzuklagen. Nur wissen eben viele Menschen nicht, was »patriarchalisch« heißt; sie können sich unter »patriarchalischer Herrschaft« nichts vorstellen. Wenn ein Flugblatt jemanden erreichen soll, muß der Text den Wissensstand, den Erfahrungshorizont und die Alltagssprache der Menschen berücksichtigen, die er anspricht. Sonst dient er lediglich der geistigen Selbstbefriedigung.

Einstieg

Im Abschnitt über Meldung und Bericht haben Sie die Journalisten-Regel für informierende Texte kennengelernt: das Wichtigste zuerst. Für Meinungsbeiträge gibt es auch typische Anfänge. Auf drei will ich Sie hinweisen.

Frage-Einstieg

Kommentare oder Glossen beginnen häufig mit einer (oder mehreren) Fragen:
»Wird XYZland nach dem Regierungswechsel seine Westbindungen lösen?«
»Werden sich mit dem neuen Vorstand der IG Metall die Tarifauseinandersetzungen künftig verschärfen?«

Was-Nun-Einstieg
Er ist ein Frage-Einstieg ohne ausdrückliche Frage:
»Nach dem Parteitag der SPD konzentriert sich das Interesse der Öffentlichkeit auf die Frage, ob ...«
»Nach der Niederlage der CDU bei den hessischen Kommunalwahlen steht die Partei vor dem Problem ...«

»Aufmerksamkeitswecker«
Wenn man zu Beginn eines Beitrages etwas auf die Pauke hauen will, kann man sich des »Aufmerksamkeitsweckers« bedienen:
»Das gab es noch nie in Köln: ...«

»Wir sind faul. Alle Untersuchungen belegen: Wir sind faul, wir, die Deutschen.«
Wenn man sich für diesen Einstieg entscheidet, sollte man darauf achten, daß die folgenden Ausführungen das auch halten, was der »Aufmerksamkeitswecker« verspricht, sonst fühlen sich die Leserinnen und Leser auf den Arm genommen.

Zusammenfassung:
Bei Meinungsbeiträgen vom Ziel her denken und auf das Ziel hin strukturiert argumentieren.

Buch-Tip:
Nützliche Hinweise zum strukturierten Argumentieren finden sich bei Christiane Tillner, Norbert Franck: Selbstsicher reden, München 1994 und Wolfgang Fricke: Frei reden, 3. Aufl., Köln 1991.

II. Tips für die Manuskript-Gestaltung

Nehmen wir an, Sie haben sich Mühe gegeben, einen Text für eine Zeitung oder Zeitschrift zu schreiben. Dann sollten Sie auch noch die Zeit und Energie für ein ordentliches Manuskript aufbringen. Sie erleichtern damit Redakteuren die Arbeit und erhöhen somit die Chance, daß Ihr Text gebracht wird. Zudem erspart ein ordentliches Manuskript Ärger (und Geld) beim Setzen eines Textes. Das ist sicher ein gewichtiger Gesichtspunkt, wenn Ihr Verein, Ihre Initiative usw. selbst eine Zeitung herausgibt.

Die äußere Form

Der erste Eindruck ist oft entscheidend. Wenn Sie einer Zeitung keine Sensationsmeldung anzubieten haben, sollte Ihr Manuskript so aussehen, daß der zuständige

Redakteur es nicht gleich in den Papierkorb wirft. Deshalb:

- schreiben Sie mit dem PC oder mit der Schreibmaschine,
- achten Sie auf ein gutlesbares Schriftbild,
- verwenden Sie DIN-A4-Papier,
- beschreiben Sie jedes Blatt nur einseitig,
- schreiben Sie mit zwei Zeilen Abstand, das erleichtert das Redigieren,
- lassen Sie einen breiten Rand für Korrekturen (höchstens 50 Zeichen bzw. Anschläge pro Zeile),
- vermeiden Sie Tippfehler.

Und: Vergessen Sie nicht,

- im Anschreiben das zuständige Ressort zu vermerken (Lokalredaktion, Frauenredaktion usw.),
- Ihren Namen und Ihre vollständige Anschrift anzugeben.

»Schreibregeln«

Redakteure stehen meist unter Zeitdruck. Es ärgert sie daher, wenn sie im Text viel redigieren müssen. Stimmen Sie »Ihren« Redakteur freundlich, indem Sie ihm diese Arbeit ersparen. Beachten Sie einige »Schreibregeln« des Metiers:

Zahlen

Die Regel, nach der die Zahlen von 1 bis 12 in Buchstaben geschrieben werden und die Zahlen von 13 an in Ziffern, ist nicht mehr verbindlich. Die Zahlen von 1 bis 12 werden in Ziffern gesetzt, wenn die Zahl und das folgende Hauptwort, das eine Sache näher bezeichnet, besonders beachtet werden sollen: Drucker mit *9 Nadeln*, Auto mit *6 Türen*, Kurbel mit *2 Wellen*. In Ziffern schreibt man auch Dezimalzahlen (6,5 Prozent), Zahlen vor Abkürzungen (6 DM, 4 cm) und Wertangaben (Briefmarken zu 10 Pfennig). Andererseits können Zahlen von 13 an ausgeschrieben werden, sofern sie übersichtlich sind: »Sie blickte auf siebzig Lebensjahre zurück.« Für ungefähre Angaben gilt: Was nicht exakt gemeint ist, sollte nicht in Ziffern geschrieben werden: »Tausend Besucher« wenn es nicht exakt 1000 sind. Und bei Vergleichen sollten Sie beachten: Was verglichen werden soll, wird gleich geschrieben: »Gegen den Antrag stimmten 25 Kolleginnen, für ihn 8.«

Abkürzungen
Vermeiden Sie Abkürzungen.

Namen
Personen werden in Meldungen und Berichten mit Vor- und Zunamen erwähnt. Es ist nicht üblich, »Herr« oder »Frau« dem Namen voranzustellen. Titel wie »Dr.« oder »Prof.« werden bei einigen Medien genannt, bei anderen nicht. Titel sollten dann aufgeführt werden, wenn sie mit dem Inhalt einer Meldung oder eines Berichts direkt zu tun haben.

Korrekturen

Wenn Sie sich verschrieben haben, sollten Sie weder einen Buchstaben überschreiben noch ein Wort in den laufenden Text einfügen. Verwenden Sie die Korrekturzeichen, die die »Duden«-Redaktion in Zusammenarbeit mit dem »Deutschen Institut für Normung« entwickelt hat. Sie stehen im Duden Band 1 (Rechtschreibung). Wenn Ihr Text viele Fehler enthält, sollten Sie ihn nochmals tippen bzw. drucken.

Zusammenfassung:
Der erste Eindruck ist wichtig. Geben Sie deshalb nur Texte an die Presse, bei denen auch die äußere Form stimmt.

Musterlösungen

Übung 3

Am 12. Januar beginnt in der Fachhochschule für Sozialarbeit, Fritz-Erler-Straße 122–132, eine Konferenz über Vorbeugemaßnahmen gegen den Drogenkonsum, dem immer mehr Jugendliche aufgrund von mangelndem Selbstwertgefühl, Perspektivlosigkeit und anderen Faktoren gerade in Zeiten wachsender Arbeitslosigkeit verfallen. Die Bekämpfung des Drogenkonsums beschränkt sich in den letzten Jahren nicht mehr auf die Herstellung von Informationsbroschüren und abschreckenden Plakaten, sondern verlagert sich in den Bereich der Vorbeugung, mit der sich auch die Teilnehmer der Fachkonferenz, die von Staatssekretär Hammerbacher eröffnet wird, beschäftigen werden.

Ich schage vor, mit Ausführungen zum Thema zu beginnen (und Schachtelsätze zu vermeiden):
Immer mehr Jugendliche greifen zu Drogen. Mangelndes Selbstwertgefühl und Perspektivlosigkeit sind Ursachen dieser Entwicklung, die sich beschleunigt, wenn die Arbeitslosigkeit zunimmt. Die Bekämpfung des Drogenkonsums beschränkt sich in den letzten Jahren nicht mehr auf die Herstellung von Informationsbroschüren und abschreckenden Plakaten. Vorbeugung gewinnt an Bedeutung. Vorbeugemaßnahmen gegen Drogenkonsum ist das Thema einer Fachkonferenz in der Fachhochschule für Sozialarbeit, die Staatssekretär Hammerbacher am 12. Januar eröffnet. Die Fachhochschule ist in der Fritz-Erler-Straße 122–132.

Übung 4

Zu 1
Ergebnisbericht:
Über zehntausend Frankfurter Bürgerinnen und Bürger unterschrieben eine Resolution gegen den Sextourismus.
Handlungsbericht:
Innerhalb von 30 Minuten war gestern der Katalog »Männer ihrer Träume« vergriffen, den Frauen im Rahmen einer Aktion gegen Sextourismus auf der Frankfurter Hauptwache verteilten.
Zitatenbericht:
»Von diesem Skandal habe ich überhaupt nichts gewußt«, empörte sich die Bankangestellte Claudia M. gestern am Stand der Aktion gegen Sextourismus.

Zu 2
Ergebnisbericht:
Stadtdirektor Otto Fries unterlag bei den Wahlen zum Vorstand des XYZ der Grünen Ursula Hentschel.
Handlungsbericht:
Stürmischer Applaus und 20 rote Rosen für Ursula Hentschel, Wut und Ärger bei den Anhängern von Otto Fries – so endeten die Wahlen zum Vorstand des XYZ.
Zitatenbericht:
»Grüne unterwandern Wohlfahrtsverbände.« Mit dieser Feststellung kommentierte Otto Fries...

Übung 5

Pressemitteilung
»Die Versorgung alter und kranker Menschen ist gefährdet.
Netzwerk Ostend: ein konstruktives Lösungsmodell«

Das Netzwerk Ostend ist eine Arbeitsgemeinschaft verschiedenster Einrichtungen der Altenarbeit. Die mitarbeitenden RepräsentantInnen der unterschiedlichen Institutionen stellten ihre Vorschläge zur Verbesserung der Situation alter Menschen den zuständigen BezirkspolitikerInnen und Bundestagsabgeordneten vor.

Es wurden u.a. angesprochen:

- Einrichtung eines pflegerischen Notdienstes;
- Schaffung von Transparenz über das vorhandene Angebot, z.B. in Form eines Stadtteilführers;
- Unterstützung von pflegenden Angehörigen durch Schulung und Beratung.

Der Sozialdezernent, Herr Dehm, der Bundestagsabgeordnete Herr Vogt sowie die VertreterInnen der Bezirksfraktionen zeigten sich beeindruckt von der kooperativen Zusammenarbeit und wollen das Netzwerk auch in Zukunft unterstützen.

Regine Eberstein-Bernburg
Sprecherin des Netzwerk Ostend
Tel.: (069) 123456-0

Die Pressemitteilung gibt keine Auskunft,

- *warum* (*wodurch*) die Versorgung alter und kranker Menschen gefährdet ist,
- *wofür* das Netzwerk ein konstruktives Lösungsmodell ist,
- *wann* und *wo* das Netzwerk die Politikerinnen und Politiker über seine Vorschläge informierte.

Die *Einrichtung, Schaffung* und *Unsterstützung* sind steife Substantivierungen. Dynamischer klingt:

- wie ein Pflegenotdienst eingerichtet werden und
- das Angebot transparent (überschaubar) gemacht werden kann (am Rande: wenn es ein Angebot gibt, dann ist es immer *vorhanden* – ein *vorhandenes Angebot* ist ein Doppelmoppel),
- wie pflegende Angehörige durch Schulung und Beratung unterstützt werden können.

Sich beeindruckt zeigen ist pathetische Politikersprache (wie sahen die Politiker aus, als sie sich beeindruckt *zeigten*?). Wenn es denn sein muß, genügt *waren beeindruckt*.

Schließlich können die ersten beiden Sätze abgespeckt werden:

MitarbeiterInnen des Netzwerks Ostend, einer Arbeitsgemeinschaft verschiedener (statt verschieden*ster*) Einrichtungen der Altenarbeit, stellten *gestern im Rathaus* ihre Vorschläge zur Verbesserung der Situation alter Menschen vor. Eingeladen waren...

VIERTES KAPITEL

Texte für Beruf und Ausbildung

Im Mittelpunkt dieses Kapitels stehen Texte, die vor allem im Beruf und in der Aus- und Weiterbildung geschrieben werden: Protokoll, Bericht, Referat (Facharbeit) und Thesenpapier. Behandelt werden die Struktur und die formale Gestaltung solcher Texte und, am Beispiel des Referats, der Arbeitsprozeß von der Themenstellung bis zur endgültigen Niederschrift.

I. Das Protokoll

Protokolle sind in vielen Zusammenhängen nützlich. Ein Protokoll erspart den Teilnehmerinnen und Teilnehmern einer Diskussion, sich Notizen zu machen; es ermöglicht ihnen, sich ausschließlich auf den Diskussionsverlauf zu konzentrieren. Ein Protokoll informiert diejenigen, die an einer Sitzung, einem Treffen usw. nicht teilnehmen konnten, über das, was diskutiert bzw. beschlossen wurde. Ein Protokoll, das Beschlüsse festhält, ist eine wichtige Grundlage für die weitere Arbeit und hilft, Mißverständnisse zu vermeiden.

Protokolle zu schreiben ist lästig. Diese Last wird gemindert, wenn Sie mit den Anforderungen vertraut sind, die ein Protokoll erfüllen muß.

Die Struktur eines Protokolls hängt davon ab, was dokumentiert werden soll. Man unterscheidet zwischen

Beschluß- und Diskussionsprotokoll[21]. Gemeinsam ist allen Protokollformen, daß zunächst die näheren Umstände dokumentiert werden. Dazu gehören:

- der Rahmen (»außerordentliche Vorstandssitzung«; »Grundkurs Politik« usw.),
- der Ort (entfällt, wenn der Ort nicht wechselt),
- das Datum,
- die Teilnehmerinnen und Teilnehmer (entfällt in Seminaren oder ähnlichen Veranstaltungen),
- der Name der Protokollantin bzw. des Protokollanten.

Beschlußprotokoll

Das Beschlußprotokoll hält, wie der Name sagt, lediglich Beschlüsse fest, und zwar in der Reihenfolge der Tagesordnung. Ein Beispiel:
Verein zum Schutz der Feldmaus
Stübbenstraße 11, 39104 Magdeburg

Protokoll der Gründungsversammlung, 3. Oktober 19..

Protokollant: Norbert Franck

Anwesende: Anne Conradt, Karin Daniel, Norbert Franck, Dagmar Haberkorn, Peter Janzen, Klaus Porath, Alice Schwarzer-Krause, Heike Wiese.

Tagesordnung:

1. Gründung des gemeinnützigen Vereins zum Schutz der Feldmaus durch die Bestätigung der Satzung.
2. Wahl des Vorstands.

---

21 Eine Sonderform des Protokolls, auf die ich nicht näher eingehe, ist das wissenschaftliche Protokoll. Es dokumentiert Aussagen und Handlungen (zum Beispiel den Verlauf einer Unterrichtsstunde) und ist eine Methode zur Informationsgewinnung. Wenn Sie während Ihrer Aus- oder Weiterbildung solche Protokolle erstellen wollen oder müssen, empfehle ich Ihnen folgendes Buch: Georg Rückriem, Joachim Stary, Norbert Franck: Die Technik wissenschaftlichen Arbeitens, 8. Aufl. Paderborn 1994.

Zu 1: Die Gründungsmitglieder billigen einstimmig die vorliegende Satzung und gründen den Verein, indem sie die Satzung durch ihre Unterschrift bestätigen.

Zu 2: Die Gründungsmitglieder wählen einstimmig Heike Wiese zur ersten und Peter Janzen zum zweiten Vorsitzenden des Vereins.

Diskussionsprotokoll

Diskussionsprotokolle werden vor allem in Seminaren bzw. im Unterricht geschrieben. Sie sind keine Nacherzählungen der Diskussion. Der Diskussions*verlauf* mit allen seinen Wiederholungen, Schlenkern, Nebensächlichkeiten usw. interessiert nicht. Vielmehr ist das Wesentliche herauszuschälen. Dazu gehören:

- die Themenschwerpunkte,
- die übereinstimmenden und gegensätzlichen Auffassungen und deren Begründungen,
- Fragen, die zu den Themenschwerpunkten gestellt wurden,
- Antworten, die auf diese Fragen gegeben wurden,
- eine Bilanz der Übereinstimmungen,
- eine Bilanz der Differenzen,
- eine Bilanz der offenen Fragen.

Wenn Sie Protokoll führen, können Sie sich die spätere Überarbeitung erleichtern, indem Sie die Diskussion gelegentlich unterbrechen, um sich der Zwischenergebnisse oder Fragestellungen zu vergewissern.

Die Unterscheidung zwischen Beschluß- und Diskussionsprotokoll besagt nicht, daß es nur ein Entweder-Oder gibt. Vor allem Vereinsprotokolle sind häufig eine Mischung aus beiden Protokollformen. Das zeigt das folgende Beispiel für ein typisches – meist etwas steifes – Vereinsprotokoll. (Ähnliche Protokolle werden Sie kennen, wenn Sie zum Beispiel in der Gewerkschafts-, der

Kommunalpolitik oder im Rahmen der Kirche aktiv sind.)

Vorstandssitzung, Donnerstag, 8. April 19..

Anwesend: Petra Botzum, Detlef Schulze, Christa Ströbele, Helga Wolf.
Entschuldigt: Vera Krieger.

Die Vorsitzende eröffnet die Sitzung um 19.30 Uhr und stellt die Beschlußfähigkeit fest.

Tagesordnungspunkt 1: Beantragung von Sondermitteln. Der Geschäftsführer erläutert den Antrag auf Sondermittel, der für die Anschaffung eines neuen Ruderbootes an den Kreistag gestellt werden soll. Nach kurzer Diskussion wird der Antrag in der vorliegenden Form gebilligt.

Tagesordnungspunkt 2: Teilnahme am Turmstraßenfest.
Der Vorsitzende schlägt vor, auch in diesem Jahr wieder am Turmstraßenfest teilzunehmen. Frau Ströbele spricht sich gegen eine Beteiligung aus. Sie meint, das Fest sei kein wirkliches Fest der Vereine mehr, sondern ein »Kommerzrummel«. Nach einer lebhaften Diskussion stellt der Vorsitzende den Antrag, über eine Teilnahme am Fest abzustimmen. Ergebnis: 3:1 für eine Beteiligung.

Tagesordnungspunkt 3: Nächste Mitgliederversammlung.
Die nächste Mitgliederversammlung wird am 9. Mai (19 Uhr) stattfinden.
Vorgesehene Tagesordnung:

1. Rechenschaftsbericht des Vorstands
2. Bericht der Kassenprüfer
3. Entlastung des Vorstands
4. Neuwahl des Vorstands
5. Verschiedenes

Tagesordnungspunkt 4: Verschiedenes.
Frau Botzum erinnert an die Einladung des Bürgermei-

sters zu einem Empfang im Rathaus: am 15. April um 19.30 Uhr.

Der Vorsitzende schließt die Sitzung um 21.15 Uhr.

Nächste Vorstandssitzung: Donnerstag, 29. April 19..

Detlef Schulze, Schriftführer

Übung 1

Schreiben Sie das fiktive Protokoll einer Vorstandssitzung so um, daß daraus ein reines Beschlußprotokoll wird.

Meinen Vorschlag finden Sie am Ende des Kapitels.

Zusammenfassung:
Protokolle sollen das Wesentliche exakt wiedergeben.

Übungs-Tip:
Verbessern Sie zwei Protokolle, die Sie in letzter Zeit geschrieben bzw. erhalten haben.

II. Der Bericht

Es gibt viele Berichtsformen: Erfahrungs-, Geschäfts-, Jahres-, Praktikumsberichte und andere mehr. Gemeinsam ist ihnen die Funktion, umfassend zu informieren über Entwicklungen, Ergebnisse und Ereignisse. In der Regel sind Berichte zugleich eine Form der Rechenschaft. Sie informieren daher auch, wie diese Ergebnisse usw. zustande gekommen sind. Schließlich gehört zu einem Bericht die Bewertung der Ergebnisse und Entwicklungen. Berichte müssen »selbständige« Texte sein, das heißt: ohne jede Ergänzung verstanden werden können.

Jeder Bericht enthält zunächst bestimmte Grundinformationen. Dazu gehören:
- die Berichts*art* (Erfahrungsbericht, Jahresbericht usw.),
- das Berichts*thema* (Dienstreise, Vorstandstätigkeit, Mitgliederentwicklung usw.),
- der Berichts*zeitraum*,
- der Name des Bericht*erstatters.*

Ein Praktikumsbericht enthält zudem Angaben über:
- den Praktikumsort,

- den Betreuer bzw. die Betreuerin des Praktikums,
- das Fach, in dem das Praktikum gemacht wird.

Für die weitere Gliederung eines Berichts bieten sich folgende vier Kriterien an: Situationsanalyse, Chronologie der Tätigkeit, Darstellung der Ergebnisse, Dokumentation.

1. Auf der Grundlage einer **Situationsanalyse** können die Entwicklungen und Ergebnisse beurteilt werden, über die ein Bericht informiert. In einer Situationsanalyse werden die Rahmenbedingungen der Tätigkeit benannt, über die berichtet werden soll. Dazu zählen:
   »Interne Situation«
   - quantitative Situation (z.B. Zahl der Beschäftigten),
   - Binnengliederung (z.B. Personalstruktur),
   - materielle Situation (z.B. Räumlichkeiten, Sachmittel, Geräte),
   - finanzielle Situation,
   - typische interne Konflikte,

   »Außenbeziehungen«
   - Umgebung (z.B. Industriegebiet, Stadtrandsiedlung),
   - Sozialstruktur des Umfelds (z.B. hohe Arbeitslosigkeit),
   - Infrastruktur des Umfelds (z.B. fehlende Kultureinrichtungen),
   - typische Konflikte in den Außenbeziehungen.
2. Die **Chronologie der Tätigkeit** gibt Auskunft über die zeitliche Abfolge aller Tätigkeiten (Treffen, Besprechungen, Reisen usw.). Sie kann tabellarisch dargestellt werden.
3. In der **Darstellung der Ergebnisse**, dem Hauptteil des Berichts, wird zunächst der Zweck bzw. das Ziel der Tätigkeit erläutert. Dann werden die Schritte geschildert, die unternommen wurden, um diesen Zweck bzw. das Ziel zu erreichen. Hierzu gehören

auch Informationen über Bedingungen und (unvorhergesehene) Ereignisse, die die Arbeit förderten oder behinderten. Schließlich sind die Ergebnisse darzustellen und einzuschätzen. Zur Einschätzung gehören:

- eine Beurteilung der Planung und Vorbereitung,
- eine Bewertung der Organisation und Durchführung der Tätigkeit,
- eine Bilanz der erreichten Ziele und der ungelösten Probleme,
- eine Einschätzung, welche Konsequenzen sich für die weitere Arbeit ergeben.

4. Die **Dokumentation** belegt die Aussagen im Bericht. Sie sollte lückenlos sein und kann enthalten: Protokolle, Tabellen, Statistiken, Bilanzen, Interviews, Karten, Zeichnungen, Fotos, Film- oder Videoaufnahmen, Proben, Muster oder Werkstücke usw.

Diese vier Gliederungspunkte beziehen sich auf umfassende Berichte. Nicht jeder Bericht wird zum Beispiel eine Dokumentation oder eine Chronologie der Tätigkeiten enthalten. In manchen Fällen besteht die Dokumentation in der Reisekostenabrechnung. In anderen Fällen wird man andere Gliederungskriterien wählen, unter denen dann einige der hier erläuterten Gesichtspunkte zusammengefaßt werden. Die vier Gliederungspunkte sind also nicht schematisch auf alle Berichte anzuwenden. Wichtig ist, daß Sie bei jedem Bericht prüfen:

- Ist es notwendig, eine Situationsanalyse zu geben? Was muß diese Situationsanalyse enthalten?
- Ist eine Chronologie der Tätigkeiten erforderlich? Was muß in dieser Chronologie aufgeführt werden?
- Muß der Bericht eine Dokumentation enthalten? Was muß in die Dokumentation aufgenommen werden?

Zwei Beispiele sollen zeigen, wie Berichte nach den jeweiligen Anforderungen gegliedert werden können und in welcher Form die zuvor erläuterten Gesichtspunkte wiederzufinden sind.

1. Jahresbericht eines Vereins

Rechenschaftsbericht
für den Zeitraum vom 1.4.19.. bis 31.3.19..

Arbeitsschwerpunkt
Im Mittelpunkt der Arbeit während des Berichtszeitraums stand die Vorbereitung, Produktion und Begleitung einer Ausstellung über die »Geschichte der Minderheiten in unserer Stadt«.
An der Vorbereitung der Ausstellung nahmen alle Mitglieder des Vereins aktiv teil.
Die Produktion der Ausstellung lag in den Händen von zehn Vereinsmitgliedern. Sie wurden unterstützt von einer ABM-Kraft, Ronald Herfort.
Die Ausstellung wurde am 1. Februar dieses Jahres eröffnet und fand ein lebhaftes Echo in den Medien. Hervorzuheben ist, daß zahlreiche polnische und italienische Zeitungen über unsere Arbeit berichteten. Die Zahl der Besucherinnen und Besucher lag um 50 Prozent höher als bei unserer letzten Ausstellung.
Die Betreuung der laufenden Ausstellung (vom 1.2. bis zum 15.3.) war unzureichend. Sie wurde fast ausschließlich von Ronald Herfort geleistet. Er engagierte sich zwar mehr als von einer ABM-Kraft zu erwarten war, trotzdem konnten viele Besuchergruppen nicht betreut werden.
Vor der nächsten Ausstellung sollte daher rechtzeitig geplant werden, wie wir dafür sorgen können, daß eine gute Ausstellung auch gut betreut wird.

Mitglieder
Die Zahl der Mitglieder erhöhte sich im Berichtszeitraum von 24 auf 28. Wir haben sieben neue Mitglieder,

zwei Kolleginnen sind aus ABC weggezogen, ein Mitglied ist ausgetreten.

Räumlichkeiten
Die Stadt hat unserem Verein vor acht Tagen mitgeteilt daß sie uns ab 1. Mai dieses Jahres drei Räume in der Friedensstraße kostenlos zur Verfügung stellt. Der Verein muß lediglich für Strom, Wasser usw. aufkommen.

Arbeitsmittel
Aufgrund einer großzügigen Spende eines italienischen Kaufmanns, der von unserer Ausstellung begeistert war, konnten wir uns einen leistungsfähigen Computer und einen neuen Drucker anschaffen.

Vorstand
Im Berichtszeitraum wurden zwei neue Vorstandsmitglieder gewählt: Erste Vorsitzende ist seit dem 11. September Brigitte Schönfeld, ihr Stellvertreter Bernd Westhäußer.

Kassenprüfung
Der Verein verfügt über ein Guthaben von DM 4711,00. Die Rechnungsführung wurde überprüft. Einzelheiten sind dem Kassenbericht zu entnehmen.

2. Bericht über eine Dienstreise

Bericht über die Dienstreise vom 11. bis 13. November 19..

Reisezweck:
Besuch der Filialen in Koblenz, Bonn, Essen und Dortmund.

Koblenz (11. 11.):
Unsere Kondomeria in Koblenz, die neueste Filiale, hat noch mit großen Anfangsschwierigkeiten zu kämpfen.

Nachteilig wirkt sich vor allem aus, daß der Stadtrat in einer Verfügung untersagte, ein Geschäft im Zentrum zu eröffnen. Die Kondomeria kann daher nicht mit Laufkundschaft rechnen. Die Mitarbeiterinnen sind bemüht, durch originelle Werbung auf die Kondomeria aufmerksam zu machen. Der Name »Honi soit qui mal y pense« erscheint mir allerdings nicht sehr glücklich gewählt.
Ich rege an, in drei Monaten eine Rentabilitätsprüfung vorzunehmen.

Bonn (12 .11.):
Die Bonner Filiale wird mittlerweile von der Bevölkerung angenommen. Die negative Presseberichterstattung und die ablehnenden Äußerungen einzelner katholischer Pfarrer haben den Erfolg von »Do it« zwar verzögert, aber nicht aufgehalten. Der Umsatz steigt kontinuierlich. Sicher hat zu dieser Entwicklung die Tatsache beigetragen, daß Bonn Universitätsstadt ist. Hervorheben möchte ich die originelle Schaufenstergestaltung der Bonner Filiale. Ich füge einige Fotos bei, die anderen Filialen als Anregung dienen können.

Essen (13. 11.):
Die Filiale »Ich will«, die erste in Nordrhein-Westfalen, hat seit sechs Monaten wieder hohe Umsätze. Der Versuch zu Jahresbeginn, die Filiale auf Selbstbedienung umzustellen, erwies sich als Fehlschlag. Offenkundig wünschen die Kunden, in Essen mehr Frauen als Männer, fachkundige Beratung. Seit April werden die Kunden wieder – freundlich und sachkundig – bedient.

Dortmund (13. 11.)
Die Arbeit der Filiale wurde über ein halbes Jahr dadurch beeinträchtigt, daß in ihrer unmittelbaren Umgebung drei Sexshops sind. Das Image dieser Läden färbte auf »Careful« negativ ab. Zu einem Durchbruch verhalf der demonstrative Besuch der Jugendstadträ-

tin, über den die Lokal- und die Landespresse ausführlich berichteten. Seit dieser Zeit (September) steigt der Umsatz langsam, aber kontinuierlich.

Übung 2

Berichte sollten so umfassend wie nötig und so knapp wie möglich sein. Prosa ist in Berichten – vor allem in Geschäftsberichten – nicht angebracht. Formulieren Sie den folgenden Bericht, den Lutz Mackensen[22] als ein gutes Beispiel empfiehlt, so um, daß daraus ein sachlicher Bericht ohne Schmus wird.

> »Wir konnten auch im Berichtsjahr die Bestände unserer Bücherei erfreulich vermehren. Dabei sahen wir besonders darauf, die Zahl unserer Zeitschriftenabonnements zu erhöhen; wir beziehen jetzt 98 Stück und verfügen damit über alle wesentlichen Periodika unseres Gebietes und der angrenzenden Fachbereiche. Von den neuerschienenen teuren Monographien konnten wir immerhin 56 erwerben, darunter die grundlegenden Darstellungen über unser Arbeitsgebiet von Klages und Dr. Reibeseiger. Mit den 23 neuen Handbüchern stehen nun alle wesentlichen Nachschlagewerke zur Verfügung. Auch unsere Sammlung an Dissertationen wurde um 31 Stück erweitert; sie füllt jetzt ein eigenes Regal.
> Unsere 201 Mitglieder haben uns unsere Bemühungen durch eifrige Benutzung der Bibliothek gedankt. War im Vorjahr unsere Leserschar um 10 % gestiegen, so konnte wir im letzten einen neuerlichen Zuwachs von 6 % verzeichnen. Wir verliehen mehr als dreieinhalbtausend Bände (im vergangenen Jahr waren es unter dreitausend); jedes Mitglied hat die stattliche Summe von fast 18 (genau 17,8) Büchern zum Studium mit nach Hause genommen. Der Lesesaal wurde fast 2000mal von Mitgliedern aufgesucht (im letzten Jahr etwa 1800mal). Wir sind auf dem richtigen Weg und danken unseren Mitgliedern, daß sie unsere Arbeit durch die Tat anerkennen.«

Meinen Vorschlag finden Sie am Ende des Kapitels.

---

22 Gutes Deutsch in Schrift und Rede, Gütersloh 1985, S. 242f.

Zusammenfassung:
Berichte sollen sachlich, knapp, übersichtlich und umfassend informieren.

Übungs-Tip:
Überarbeiten Sie zwei Berichte, die Sie in letzter Zeit geschrieben bzw. gelesen haben.

III. Das Referat

»Referat« steht in diesem Abschnitt als Sammelbegriff für verschiedene schriftliche Arbeiten:
- den Aufsatz,
- die Fach-, Seminar-, Haus- oder Abschlußarbeit,
- einen Beitrag in einer Fachzeitschrift.

Ich orientiere mich an den Anforderungen, die an schriftliche Arbeiten gestellt werden, für deren Bearbeitung einige Wochen Zeit zur Verfügung steht. Manches von dem, was auf den nächsten Seiten folgt, geht daher über das hinaus, was zum Beispiel bei einem Aufsatz verlangt wird.

1. Von der Themenstellung bis zur Niederschrift

Viele schriftliche Arbeiten haben »weder Hand noch Fuß«, weil sich ihre Verfasserinnen oder Verfasser sofort in die Literatur vertiefen, nachdem ein Thema gestellt bzw. gewählt wurde. Sie handeln nach der Devise: »Mal sehen, was ich daraus machen kann.«

Das Hauptproblem bei einem solchen Vorgehen: Es fehlen Kriterien, was warum wirklich wichtig ist und was nicht. Die Folge: Die Arbeit wird zu einem zeitaufwendigen Prozeß von Versuch und Irrtum. Jeder neue Text, der herangezogen wird, wirft entweder das bisherige Konzept um oder er wird nicht berücksichtigt, weil er nicht in das Konzept paßt. Ich empfehle daher: *Neh-*

men Sie sich Zeit für eine möglichst präzise Analyse des Themas. Sie vermeiden damit ein unstrukturiertes Arbeiten mit vielen Umwegen.

◆ Das Thema erschließen

Ziehen Sie nicht sofort Bücher oder Zeitungen und Zeitschriften über das Thema heran, das Sie bearbeiten wollen (oder sollen). Überlegen Sie zunächst,

- was Sie über das Thema wissen,
- was Sie an dem Thema interessant oder spannend finden,
- welche Fragen und Probleme Sie sehen.

Schreiben Sie in Stichworten alles auf, was Ihnen zum Thema einfällt. Denken Sie nicht lange über eine Idee nach. Schreiben Sie die Idee auf und dann sofort die nächste. Üben Sie keine Gedankenzensur aus: Notieren Sie *jede* Idee.

Ich verwende folgende Technik bei der Ideen-Sammlung: Ich nehme ein großes Blatt Papier und schreibe in die Mitte das Thema. Dann lege ich los: Jede Idee, jeder Einfall wird in einem oder zwei Worten, von der Mitte ausgehend, auf einer Linie notiert. Fällt mir noch etwas zu dieser Idee ein, füge ich es an diese Linie an. Jede Idee wird auf eine gesonderte Linie geschrieben. Ein Beispiel finden Sie auf Seite 151.

Diese Technik hat nach meiner Erfahrung den Vorzug, daß sie zu Assoziationen und Verknüpfungen anregt: Kann die Linie fortgesetzt, mit anderen verbunden werden? Sie zeigt zudem Schwerpunkte und Leerstellen auf. Schließlich kann man die gesamte Themenbreite mit einem Blick übersehen.

An diesem »Bild« (das auf Anhieb nicht so schön ausfallen wird wie das Beispiel) setzt die weitere Arbeit an. Zu klären ist:

- Welche *Aspekte* enthält das Thema? (Zerlegen)
- Welche *Beziehungen* bestehen zwischen den einzelnen Themenaspekten? (Ordnen)

- Welche *Wissenschaftsdisziplinen* beschäftigen sich mit dem Thema? (Zuordnen)
- Welcher *Problemtyp* liegt vor? (Klassifizieren)

Zum letzten Punkt: Klären Sie, ob Ihr Thema die Aufgabe stellt,

- zu definieren oder
- zu beschreiben oder
- zu erklären oder
- zu prognostizieren oder
- zu beweisen oder
- Anleitungen zu geben, wie vorgegangen, gehandelt werden soll.

◆ Das Thema eingrenzen

Nichts ist langweiliger als ein Text, in dem alles angesprochen und – deshalb – doch nichts gesagt wird. Mein Beispiel für die Ideen-Sammlung enthält Stoff für ein Buch. Jeder Versuch, alle Themenaspekte in einem Referat unterzubringen, muß scheitern. »Aids« als Thema eines Referats ist ein Hochstaplerthema. Das Thema muß eingegrenzt werden, es müssen Schwerpunkte gesetzt werden, die im Rahmen eines Referats behandelt werden können. Allgemeiner: Ein Thema darf nicht so weit gesteckt sein, daß es nur oberflächlich behandelt werden kann: *lieber weniger, aber besser.* (Ein Thema sollte andererseits auch nicht so eng gefaßt sein, daß es schwierig wird, überhaupt etwas dazu zu schreiben.) Sie können ein Thema unter anderem nach folgenden Gesichtspunkten eingrenzen:

- zeitlich,
  Gewerkschaftspolitik in der Ära Adenauer,
- räumlich,
  Gewerkschaftspolitik in Frankreich
- nach Personengruppen,
  gewerkschaftliche Jugendarbeit
- institutionell,
  Gewerkschaftspolitik in den Aufsichtsräten der Metallindustrie,

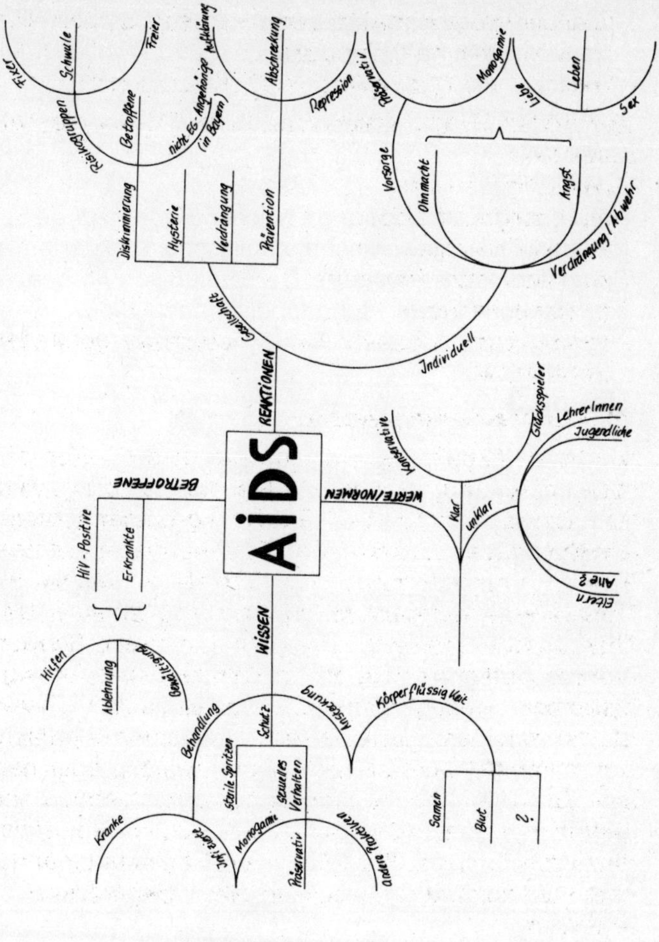
AIDS
REAKTIONEN
WISSEN
BETROFFENE
WERTE/NORMEN
Gesellschaft
Individuell
Diskriminierung
Hysterie
Verdrängung
Prävention
Risikogruppen
Betroffene
nicht EG-Angehörige (in Bayern)
Fixer
Schwule
Freier
Aufklärung
Abschreckung
Repression
Präservativ
Monogamie
Liebe
Leben
Sex
Vorsorge
Ohnmacht
Angst
Verdrängung / Abwehr
Konservative
Glücksspieler
LehrerInnen
Jugendliche
Klar
unklar
Eltern
HIV-Positive
Erkrankte
Hilfen
Ablehnung
Behandlung
Schutz
Ansteckung
Körperflüssigkeit
Samen
Blut
Kranke
Infizierte
Monogamie
sterile Spritzen
sexuelles Verhalten
Präservativ
Andere Praktiken

- nach der Betrachtungsweise,
  gesamtwirtschaftliche Aspekte der Gewerkschaftspolitik,
- auf Positionen (bzw. ihre Vertreterinnen),
  die gewerkschaftspolitische Konzeption von Otto Brenner.

Häufig sind Kombinationen solcher Eingrenzungen erforderlich: Die gewerkschaftspolitische Diskussion im *Berlin* der *Nachkriegsjahre*. Der Einfluß von *Frauen* auf die *hessische* Gewerkschaftspolitik nach *1968*.

Übung 3

Grenzen Sie folgende Themen ein:
- Vollbeschäftigung
- Tierversuche
- Sexismus

Versuchen Sie, wenigstens ein Thema zwei- oder dreifach einzugrenzen.

Vollbeschäftigung

____

____

Tierversuche

____

____

Sexismus

____

____

Meine Vorschläge stehen am Ende des Kapitels.

◆ Themenerarbeitung

Nun müssen Informationen beschafft und ausgewertet werden. Ergebnis dieses Arbeitsschrittes sollte eine *vorläufige* Gliederung des Themas sein. Schreiben Sie nicht so, wie man Domino spielt. Schreiben Sie, wie ein Architekt baut: nach Plan und durchdacht. Es geht dann darum, die gesammelten Informationen, das erarbeitete Wissen den einzelnen Gliederungspunkten zuzuordnen und, wenn nötig, Argumentationslücken durch weitere Informationen zu schließen. Während der Lektüre sollten Sie wichtige Informationen, Quellenhinweise, Gedankensplitter usw. immer sofort notieren. Unterbrechen Sie das Literaturstudium von Zeit zu Zeit und versuchen Sie, die einzelnen Gedankengänge eigenständig weiterzuspinnen. Beschränken Sie Ihr Referat – es sei denn, es ist ausdrücklich verlangt – nicht auf eine Literaturdarstellung ohne eigene Überlegungen und Schlußfolgerungen. Und verschieben Sie nicht die gesamte Arbeit des Formulierens auf den Schluß, sondern formulieren Sie parallel zur Lektüre einzelne Gedankengänge. Sind Teile (vorläufig) zu Papier gebracht, geht die abschließende Ausarbeitung leichter von der Hand[23].

2. Struktur und Gestaltung

Die Themen*erarbeitung* ist noch keine Themen*darstellung*. Sie wissen aus den vorangegangenen Kapiteln: Schreiben ist schreiben für andere. Das für das *eigene* Verständnis erarbeitete Thema muß deshalb für die Leserinnen und Leser aufbereitet werden. Anders formuliert: Wenn Sie sich die Mühe gemacht haben, ein

---

23 Diese wenigen Sätze informieren auch nicht annähernd erschöpfend über die Erarbeitung eines Themas. Der Umgang mit Literatur, das Anfertigen von Auszügen, die Arbeit mit Karteien usw. sind ein gesondertes Thema, über das ich an anderer Stelle ausführlicher geschrieben habe (vgl. Anmerkung 21).

Thema zu erarbeiten, dann sollten Sie Ihrem Referat auch eine angemessene Form geben. Niemand liest beispielsweise gerne eine ungeordnete Faktenhäufung. Es geht also darum, das Thema so zu entwickeln, daß die Leserinnen und Leser es nachvollziehen können. Was sollte dabei – neben der Wortwahl und dem Satzbau – beachtet werden?

Bei jedem Referat sind zunächst, ähnlich dem Protokoll und Bericht, anzugeben:
- Ort bzw. Zusammenhang (Titel des Kurses, Seminars usw.),
- Datum,
- Name der Verfasserin, des Verfassers,
- Titel des Referats.

Eine Anmerkung zum letzten Punkt: Vom Titel sollte eindeutig auf den Inhalt der Arbeit geschlossen werden können. Das ist insbesondere dann wichtig, wenn die Arbeit als Leistungsnachweis dient: Es ist stets ein Bewertungskriterium, ob die Ausführungen mit dem übereinstimmen, was der Titel verspricht.

Die Struktur eines Referats bilden in der Regel folgende Elemente: Inhaltsverzeichnis (Gliederung), Einleitung, Hauptteil, Schluß und Literaturverzeichnis.

◆ Gliederung

Die Gliederung erfüllt vor allem drei Funktionen:
- sie hält die Verfasserin oder den Verfasser zu einer strukturierten Darstellung an;
- sie gibt den Leserinnen und Lesern eine Orientierung und erleichtert die Lektüre bzw. das Nachschlagen;
- sie erleichtert die Diskussion über die Arbeit, da man genau angeben kann, über welchen Punkt man spricht.

Sie können ein Referat auf verschiedene Weise gliedern. Üblich ist vor allem folgende Gliederung:

Parteien in der Bundesrepublik

1	CDU
1.1	Geschichte
1.1.1	Vorläuferinnen der CDU
1.1.2	Gründung der CDU
1.2	Ziele
1.2.1	...
1.2.2	...
1.3	Aufbau und Organisation
1.3.1	...
1.3.2	...
2	SPD
2.1	Geschichte
2.1.1	Die SPD vor 1945
2.1.2	Die SPD nach 1945
2.2	Ziele
2.2.1	...
2.2.2	...
2.3	Aufbau und Organisation
2.3.1	...
2.3.2	...
usw.	

Sie können auch Ziffern und Buchstaben kombinieren oder römische und arabische Ziffern:

A	CDU
1	Geschichte
1.1	Vorläuferinnen der CDU
1.2	Gründung der CDU
2	Ziele
2.1	...
2.2	...
3	Aufbau und Organisation
3.1	...
3.2	...
B	SPD
1.	Geschichte
usw.	

I	CDU
1	Geschichte
1.1	Vorläuferinnen der CDU
1.2	Gründung der CDU
2	Ziele
2.1	...
2.2	...
3	Aufbau und Organisation
3.1	...
3.2	...
II	SPD
1	Geschichte
usw.	

Welche Form auch immer Sie wählen, beachten sollten Sie dreierlei:

1. Die Gliederungspunkte im Inhaltsverzeichnis werden im laufenden Text an der entsprechenden Stelle wiederholt.
2. Eine Gliederung mit mehr als fünf Unterpunkten ist unübersichtlich. Weitere Untergliederungen sollten im laufenden Text vorgenommen werden, nicht im Inhaltsverzeichnis. Sie können
   - optisch gliedern zum Beispiel durch:
     Zwischenüberschriften,
     Absätze,
     Einrücken,
     Spiegelstriche,
   - durch Formulierung wie:
     erstens, zweitens, drittens, zunächst, dann, schließlich, einerseits, andererseits.
3. Die Gliederungsziffern sollten die tatsächlichen Beziehungen zwischen den Themenaspekten, die Über- und Unterordnung exakt zum Ausdruck bringen. Dazu eine leichte Übung:

Übung 4

Bestimmen Sie zunächst den Oberbegriff (das »Thema«) in der folgenden Aufzählung. Gliedern Sie dann die einzelnen Elemente (»Themenaspekte«) entsprechend ihren Beziehungen.
Buche, Laubbäume, Eiche, Flora, Nadelbäume, Festlandflora, Tanne, Meeresflora, Fichte.

Thema: ______________________

1 ______________________

1.1 ______________________

1.1.1 ______________________

1.1.2 ______________________

1.2 ______________________

1.2.1 ______________________

1.2.1 ______________________

2 ______________________

Meinen Vorschlag finden Sie am Ende des Kapitels.

◆ **Einleitung**

Einleitungen können die Funktion erfüllen,
- das Thema ein- bzw. abzugrenzen,
- Gründe zu nennen, warum man sich auf bestimmte Aspekte konzentriert,
- die Voraussetzungen zu erläutern, unter denen das Thema behandelt wird,
- zur Problemstellung hinzuführen bzw. das Problem zu skizzieren,

- zu erläutern, in welcher Reihenfolge das Thema behandelt wird,
- auf Grenzen der Arbeit hinzuweisen.

Um zu erreichen, daß die Einleitung wirklich *einleitet*, empfehle ich, sie erst dann zu schreiben, wenn der Hauptteil und der Schluß zu Papier gebracht sind.

Eine Einleitung ist kein Vorwort. Ein Vorwort wird gewöhnlich nur umfangreichen Arbeiten (Buch, Diplomarbeit usw.) vorangestellt. Es ist der Ort für Hinweis und Erläuterungen, die nicht unmittelbar zum Thema gehören: Dank an Personen oder Institutionen, die bei der Arbeit geholfen bzw. sie (finanziell) gefördert haben, Informationen über die Arbeitsbedingungen und ähnliches.

Übung 5

Viele meinen, ein Referat oder eine Hausarbeit sei ihnen dann gelungen, wenn sie einen komplizierten Text geschrieben haben, der schwer zu verstehen ist. Deshalb werden, vor allem an der Hochschule, so viele schlechte Texte produziert – »akademische Prosa« mit viel Imponiergehabe. Ein Beispiel ist folgender Auszug aus einer Einleitung. Versuchen Sie bitte, diesen Text in verständliches Deutsch zu »übersetzen«. Um Ihnen diese schwierige Übung etwas zu erleichtern, sind die besonders mißlungenen Formulierungen *kursiv* gesetzt.

»Trotz intensiver Forschungsarbeit zum Thema Polentum in Berlin/Preußen unter besonderer Berücksichtigung der Schul- und Bildungssituation« erwies sich das vorliegende Material für die einzelnen Fragestellungen unterschiedlich gehaltvoll. Während für den großen polnischen Schulstreik 1906/07 die Quellenlage als relativ gut *bezeichnet werden kann, bereitet die Aufarbeitung* der Schulsituation der polnischen Kin-

der/Jugendlichen in Berlin vom Ende des 19. Jahrhunderts bis einschließlich 1945 zum Teil *erhebliche Schwierigkeiten*. (...)

Für die *Beschulung* polnischer Kinder/Jugendlicher in allgemeinbildenden Schulen Berlins konnte bisher *kein beziehungsweise nur sehr andeutungsweise* Material ausfindig gemacht werden. Ein *partieller Zugang wäre unter Umständen* durch ein indirektes Vorgehen *denkbar*, so etwa über eine Analyse der gültigen Lehrpläne in den Fächern Deutsch, Geschichte, Geographie und Gesangsunterricht. Die Diskriminierung/Ausgrenzung von Schülern politischer Nationalität könnte hier *inhaltlich demonstriert* werden.«

Mein Vorschlag steht am Ende des Kapitels.

◆ Hauptteil

Über den wichtigsten Teil des Referats sind ohne Bezug auf ein konkretes Thema nur allgemeine Hinweise möglich:

- Vermeiden Sie die Reihung von Fakten, (empirischen) Daten und Zitaten. Wenn sie für Ihre Argumentation eine erklärende oder illustrierende Funktion haben, sind sie angebracht. Sie sind kein Ersatz für Argumente, kein Ausgleich für Schwächen in der Argumentation.
- Geben Sie zu Beginn jedes Kapitels einen kurzen Überblick über das, was folgt.
- Zitieren Sie Beschreibungen nur dann wörtlich, wenn sie sehr originell sind.
- Vermeiden Sie Abkürzungen, die nicht üblich sind, und führen Sie Abkürzungen ausdrücklich ein: »Die Bezirksverordnetenversammlung (BVV) hat die Aufgabe ...«
- Seien Sie an der richtigen Stelle bescheiden. Bescheinigen Sie zum Beispiel einer ausgewiesenen Expertin, einem Fachmann nicht ohne Begründung, daß sie oder er etwas »richtig feststellt«. Gewöhnlich ist es so, daß *Sie* sich der Meinung der Expertin *anschließen*, daß Sie einer bestimmten Auffassung *folgen*.
- Zitieren Sie unbestrittene und bekannte Tatsachen nicht wörtlich.
- Seien Sie zurückhaltend mit Wortschöpfungen. Wenn Sie ein Wort erfinden, setzen Sie es in Anführungszeichen. Ein Beispiel für eine gelungene Wortschöpfung aus einer Examensarbeit über das Bundesverfassungsgericht, in der unter anderem die Zusammensetzung des Gerichts nach der Stärke der Parteien behandelt wurde: »proporzional«.
- Versuchen Sie, Übergänge zwischen den einzelnen Abschnitten und Kapiteln herzustellen:

»Dieser Prozeß wird von einem weiteren Faktor beeinflußt, auf den ich im folgenden eingehe.«
»Der referierten Auffassung wird vor allem von ABC widersprochen. Seine Position ist Thema dieses Abschnitts (Kapitels).«

- Prüfen Sie, ob Ihre Konjunktionen (Bindewörter) stimmen. Achten Sie besonders bei kausalen (z.B. weil, deshalb, da) und adversativen Konjunktionen (aber, jedoch) darauf, ob es tatsächlich um eine Begründung oder eine Entgegensetzung geht.

◆ Schluß

Der Schluß kann folgende Aufgaben erfüllen:

- die Ergebnisse zusammenfassen,
- die in der Einleitung aufgeworfene(n) Frage(n) beantworten,
- auf offene Fragen, ungelöste Probleme verweisen,
- das behandelte Thema thesenartig in einen größeren Zusammenhang einordnen.

Schließlich kann der Schluß auch persönliche Schlußfolgerungen enthalten. Er ist allerdings kein geeigneter Ort für wilde Spekulationen.

◆ Literaturverzeichnis

Wenn Sie zahlreiche Bücher und Zeitschriften für Ihre Arbeit herangezogen haben, sollte am Ende ein Literaturverzeichnis stehen. Im Literaturverzeichnis werden die Titel aufgenommen, die bei der Arbeit *benutzt* wurden. Gewöhnlich wird es nach dem Alphabet der Verfasser geordnet[24]. Die Titelangaben sollten *vollständig* sein. Was gehört zu einer vollständigen Titelangabe?

---

24 Eine Gliederung nach systematischen Gesichtspunkten oder nach den Quellenarten (z.B. Monographien, Zeitschriften, unveröffentlichtes Material) nimmt man nur bei größeren Arbeiten vor. Eine chronologische Ordnung ist in der Regel nur bei historischen Arbeiten sinnvoll.

Bücher

- mit bis zu drei Verfassern/Verfasserinnen
  Nachname, Vorname
  Sachtitel, Untertitel
  Auflage (wenn es sich nicht um die erste Auflage handelt)
  Erscheinungsort(e), Verlag
  Erscheinungsjahr

  Bollenbeck, Georg: Bildung und Kultur. Glanz und Elend eines deutschen Deutungsmusters, Frankfurt am Main/Leipzig: Insel Vlg. 1994.

  Pinl, Claudia: Das faule Geschlecht. Wie Männer es schaffen, Frauen für sich arbeiten zu lassen, Frankfurt am Main: Eichborn[25] 1994.

- mit mehr als drei Verfassern/Verfasserinnen
  Hier wird nur der zuerst im Titel genannte Autor angegeben und um den Zusatz »u.a.« ergänzt.

  Funke, Axel u.a.: Karrieren außer der Reihe. Bildungswege und Berufserfolg von Stipendiaten der gewerkschaftlichen Studienförderung, Köln: Bund-Vlg. 1986.

- mit bis zu drei oder mehr Herausgebern/Herausgeberinnen
  Herausgeber werden wie Autoren aufgeführt, ergänzt um den Zusatz »Hrsg.«.

  Leif, Thomas; Legrand, Hans-Josef; Klein, Ansgar (Hrsg.): Die politische Klasse in Deutschland. Eliten auf dem Prüfstand, Bonn/Berlin: Bouvier Vlg. 1992.

  Jeggle, Utz u.a. (Hrsg.): Volkskultur in der Moderne. Probleme und Perspektiven empirischer Kulturforschung, Reinbek: Rowohlt 1986.

Zusätze wie »mit einem Beitrag von«, »unter Mitarbeit von« erscheinen nach dem Sach- bzw. Untertitel:

---

25 Ist der Verlagsname identisch mit dem Namen des Verlegers (z.B. Fischer, Rowohlt, Suhrkamp), kann auf den Zusatz »Vlg.« oder »Verl.« verzichtet werden.

Klönne Arno: Die deutsche Arbeiterbewegung. Geschichte, Ziele, Wirkungen. Unter Mitarbeit von Barbara Klaus u. Karl Theodor Schiller. 2. Aufl., Düsseldorf: Diederichs 1981.

Angaben zur Auflage werden gleichfalls aufgeführt: »erw.« (= erweiterte), »durchges.« (= durchgesehene), »veränd.« (= veränderte), »neu bearb.« (= neu bearbeitete).

Ist der *Verlagsort* nicht genannt, schreibt man »o.O.« (= ohne Ort). Wenn Sie den Verlagsort kennen, schreiben Sie ihn in Klammern hinter die Angabe »o.O«. Das gleiche gilt für das *Erscheinungsjahr*. Ist es nicht angegeben, schreibt man »o.J.« (= ohne Jahr) und fügt in Klammern das vermutete Erscheinungsjahr (»um...) hinzu.

Erscheint das Buch in einer Reihe, wird der *Reihentitel* angegeben. Werden im Titel eines Buches *Herausgeber* und *Autoren* genannt, führt man beide an.

Diekershoff, Sibylle; Diekershoff, Karl Heinz: Bildungs- und Weiterbildungsbereitschaft von Frauen bis zu 45 Jahren. Hrsg.: Bundesminister für Jugend, Familie und Gesundheit, Stuttgart/Berlin/Köln/Mainz: Kohlhammer 1976 (= Schriftenreihe des Bundesministers für Jugend, Familie und Gesundheit. 42).

Aufsätze

– aus Zeitschriften
  Nachname, Vorname der (des) Verfasser/in(s)
  Titel des Aufsatzes
  Titel der Zeitschrift
  Band- oder Jahrgangszahl, Erscheinungsjahr, Heftnummer
  Erste bis letzte Seite des Aufsatzes

Krüger, Helga: Qualifizierungsoffensive – Chance für die Frauen? Das Argument 30 (1988) 1, S. 65–76.

Der Aufsatz steht also im Heft 1 aus dem Jahr 1988. Die Zeitschrift »Das Argument« erschien 1988 im 30. Jahr.

Bei Zeitschriften ohne Angabe der Heftnummer tritt an deren Stelle der Erscheinungsmonat.

– aus Sammelwerken
  Nachname, Vorname der (des) Verfasser/in(s)
  Titel des Aufsatzes
  »In«
  Vorname, Name des Herausgebers, der Herausgeberin und Zusatz »Hrsg.«
  Titel des Buches
  Auflage (wenn es sich nicht um die erste Auflage handelt)
  Erscheinungsort(e), Verlag
  Erscheinungsjahr
  Erste bis letzte Seite des Aufsatzes

  Rommelspacher, Birgit: Rassismus und Rechtsextremismus. Der Streit um die Ursachen. In: Christiane Tillner (Hrsg.): Frauen – Rechtsextremismus, Rassismus, Gewalt. Feministische Beiträge, Münster: Agenda Vlg. 1994, S. 11–27.

Zeitungsartikel

Nachname, Vorname des Verfassers
Titel des Artikels
Titel der Zeitung
Ausgabe (sofern regional unterschiedliche Ausgaben erscheinen)
Nummer der Zeitung
»vom«
Datum
Seitenangabe

Winkels, Hubert: Sehnsucht nach dem Feind. Die Zeit, Nr. 13 vom 24.3.1989, S. 66.

Zusammenfassung:
Nehmen Sie sich bei jedem Referat genügend Zeit für die Analyse des Themas. Eine gründliche Themenanalyse ist Voraussetzung dafür, daß Sie den weiteren Ar-

beitsprozeß steuern – statt von diesem gesteuert zu werden. Sorgen Sie für eine klare äußere und innere Struktur des Referats, für eine überschaubare Gliederung und einen erkennbaren »roten Faden«.

Buch-Tip:
Über richtiges Zitieren, über Anmerkungen und andere Aspekte der formalen Gestaltung eines Referats informieren ausführlich: Georg Rückriem, Joachim Stary, Norbert Franck: Die Technik wissenschaftlichen Arbeitens, 8. Aufl., Paderborn 1994.

IV. Das Thesenpapier

> »Die predigen leere Worte, die da sagen, sobald das Geld in den Kasten geworfen, klingt, fahre die Seele aus dem Fegefeuer! Wer den Armen gibt oder den Bedürftigen leiht, tut besser, als wenn er Ablaß kauft. Gesegnet sei, wer der Frechheit der Ablaßprediger Einhalt tut.«
> »Die Philosophen haben die Welt nur verschieden interpretiert; es kommt aber darauf an, sie zu verändern.«

Zwei Thesen. Die erste ist eine der 95 Thesen, die Martin Luther im Oktober 1517 an die Pforte der Schloßkirche in Wittenberg schlug. Die zweite These schrieb Karl Marx im Frühjahr 1845; es ist die letzte der elf »Thesen über Feuerbach«.

Eine These ist eine Behauptung, die
- bewiesen werden *muß* und
- bewiesen oder widerlegt werden *kann*.

Sätze wie »Auf den Herbst folgt der Winter« oder »Paris ist die Hauptstadt Frankreichs« sind keine Thesen, sondern stellen Tatsachen fest (und müssen nicht mehr bewiesen werden). Der Satz »Gott sieht alles« ist auch keine These, da er weder bewiesen noch widerlegt werden kann; man kann diese Aussage glauben oder nicht.

Thesen
- bringen Meinungen zum Ausdruck, sie informieren nicht, sondern beurteilen, nehmen Stellung zu einer Frage oder einem Problem,
- sollen zur Diskussion anregen,
- sind »unselbständig« in dem Sinn, daß sie erläutert werden müssen.

Was ist bei einem Thesenpapier noch zu beachten? Thesen sollten kurz und prägnant sein. Damit sie tatsächlich zur Diskussion anregen, kann es nützlich sein, provokative Formulierungen zu wählen. Ein Thesenpapier sollte sich auf ein überschaubares Thema beziehen und sich auf wenige Thesen konzentrieren, um eine oberflächliche Diskussion zu vermeiden. Als Orientierung empfehle ich: Schreiben Sie kein Thesenpapier, das länger als zwei Seiten ist.

Ein Thesenpapier enthält zunächst folgende Grundinformationen:
- Rahmen (»Grundkurs Politik« usw.),
- Datum,
- Name der Verfasserin, des Verfassers,
- Titel (»Thesen zu...« oder: »Computer in der Schule – Thesen«).

Der »Bauplan« eines Thesenpapiers kann unterschiedlich ausfallen. Wichtig ist in jedem Falle:
- Eine These sollte sich stets nur auf einen Themen- bzw. Problemaspekt beziehen.
- Ein Thesenpapier sollte einen inneren Zusammenhang erkennen lassen, die Thesen sollten in einer logischen Folge entwickelt werden.

In einfach strukturierten Thesenpapieren folgt These auf These: These 1 – These 2 – These 3 usw. Anspruchsvoller sind folgende »Baupläne«:
- Jeder These folgt eine (kurze) Begründung oder ein (knapper) Kommentar:

These 1

Begründung (Kommentar)
These 2
Begründung (Kommentar)
usw.

Ein Beispiel:
These
Tierversuche sind unmoralisch und überflüssig.
Begründung
Tiere haben als Lebewesen einen Anspruch auf Leben. Sie sind keine »Wegwerfartikel«, die man nach Belieben in Versuchen quälen darf. Tierversuche sind überflüssig, da sie zum einen in großem Umfang für *nicht*medizinische Zwecke vorgenommen werden. Zum anderen sind die Ergebnisse, die im medizinisch-pharmazeutischen Bereich gewonnen werden, meist nicht auf den Menschen übertragbar.

Begründungen sind, wie aus dem Beispiel deutlich wird, noch keine erschöpfenden Beweise, sondern Hinweise, welche Überlegungen der These zugrunde liegen.

- Jeder These wird zudem noch eine Schlußfolgerung angefügt:

These 1
Begründung (Kommentar)
Schlußfolgerung
These 2
Begründung (Kommentar)
Schlußfolgerung
usw.
Schlußfolgerung
Alle Tierversuche sind zu verbieten.

- Jeder These wird eine Antithese gegenübergestellt:

These 1
Antithese

These 2
Antithese
usw.
Antithese
Tierversuche sind unverzichtbar.

- Auf jede These folgt eine Antithese und eine Synthese

These 1
Antithese
Synthese
These 2
Antithese
Synthese
usw.
Synthese

Tierversuche sind auf den medizinisch-pharmazeutischen Bereich zu beschränken und strengen Vorschriften zu unterwerfen, um ein Quälen der Tiere soweit wie möglich einzuschränken.

Diese Baupläne können auch kombiniert werden, ein Beispiel:
These 1
Begründung
Antithese 1
Begründung
Synthese 1
Begründung
These 2
Begründung
Antithese 2
Begründung
Synthese 2
usw.

Übung 6

Formulieren Sie zwei weitere Thesen zum Thema »Tierversuche«.

These

____

____

These

____

____

Zwei Thesen von mir finden Sie am Ende des Kapitels.

Zusammenfassung:
Das Thesenpapier ist eine Stellungnahme, die zur Diskussion anregen soll. Damit es diese Funktion erfüllt, sollte es kurz, prägnant und schlüssig sein.

Übungs-Tip:
Gewerkschaften, Parteien und Verbände veröffentlichen häufig Thesen zu aktuellen Problemen. Sehen Sie sich solche Thesen einmal unter den Gesichtspunkten Aufbau und innere Schlüssigkeit kritisch an.

Musterlösungen

Übung 1

Vorstandssitzung, Donnerstag, 8. April 19..

Anwesend: Petra Botzum, Detlef Schulze, Christa Ströbele, Helga Wolf.
Entschuldigt: Vera Krieger

Tagesordnungspunkt 1: Beantragung von Sondermitteln.
Der Vorstand billigt den Antrag auf Sondermittel, der an den Kreistag gestellt werden soll.

Tagesordnungspunkt 2: Teilname am Turmstraßenfest.
Der Vorstand beschließt bei einer Gegenstimme, auch in diesem Jahr wieder am Turmstraßenfest teilzunehmen.

Tagesordnungspunkt 3: Nächste Mitgliederversammlung.
Die nächste Mitgliederversammlung wird am 9. Mai (19 Uhr) stattfinden. Vorgesehene Tagesordnung:

1. Rechenschaftsbericht des Vorstands
2. Bericht der Kassenprüfer
3. Entlastung des Vorstands
4. Neuwahl des Vorstands
5. Verschiedenes

Tagesordnungspunkt 4: Verschiedenes.
Frau Botzum erinnert an die Einladung des Bürgermeisters zu einem Empfang im Rathaus: am 15. April um 19.30 Uhr.

Nächste Vorstandssitzung: Donnerstag, 29. April 19..

Detlef Schulze, Schriftführer.

Übung 2

»Wir konnten auch im Berichtsjahr die Bestände unserer Bücherei erfreulich vermehren.«

Kaninchen *vermehren* sich. Bestände kann man erweitern oder vergrößern. Und man kann sich über Zuwachs (oder Nachwuchs) freuen, mit Lust oder Freude im Bett (oder anderswo) zur »Vermehrung« der Menschheit beitragen – man kann aber nichts *erfreulich* vermehren.

»Dabei sahen wir besonders darauf, die Zahl unserer Zeitschriftenabonnements zu erhöhen; wir beziehen jetzt 98 Stück und verfügen damit über alle wesentlichen Periodika unseres Gebietes und der angrenzenden Fachbereiche.«
Stück Abonnements oder Zeitschriften gibt es nicht.

»Von den neuerschienenen teuren Monographien konnten wir immerhin 56 erwerben, darunter die grundlegenden Darstellungen über unser Arbeitsgebiet von Klages und Dr. Reibeseiger. Mit den 23 neuen Handbüchern stehen nun alle wesentlichen Nachschlagewerke zur Verfügung.«
Wieso »immerhin«? Titel von Buchautoren (*Dr.*) werden bei Literaturhinweisen nicht angegeben.

»Auch unsere Sammlung an Dissertationen wurde um 31 Stück erweitert; sie füllt jetzt ein eigenes Regal.«
Stück Dissertation ist überflüssig. Daß die Dissertationen jetzt ein eigenes Regal *füllen*, hat keinen Informationswert.

»Unsere 201 Mitglieder haben uns unsere Bemühungen durch eifrige Benutzung der Bibliothek gedankt.«
Eine Bibliothek hat Benutzer oder LeserInnen – keine *Mitglieder* (sie stellt daher auch einen »Benutzerausweis« aus und keinen Mitgliedsausweis). Woher weiß der Verfasser, daß die »Mitglieder« *gedankt* haben? Vielleicht haben sie nur ganz selbstverständlich das

vorhandene Angebot genutzt (und waren unzufrieden darüber, daß das Angebot nicht besser ist).

»War im Vorjahr unsere Leserschar um 10 % gestiegen, so konnten wir im letzten einen neuerlichen Zuwachs von 6 % verzeichnen.«
Eine Vogelschar paßt in Kinder- und Volkslieder. Der Ausdruck »Leser*schar*« gehört nicht in einen Bericht.

»Wir verliehen mehr als dreieinhalbtausend Bände (im vergangenen Jahr waren es unter dreitausend); jedes Mitglied hat die Summe von fast 18 (genau 17,8) Büchern zum Studium mit nach Hause genommen.«

Woher weiß der Verfasser, daß die Bücher *zum Studium* mitgenommen wurden? Vielleicht wurden sie auch gar nicht mit *nach Hause* genommen.

»Der Lesesaal wurde fast 2000mal von Mitgliedern aufgesucht (im letzten Jahr etwa 1800mal). Wir sind auf dem richtigen Weg und danken unseren Mitgliedern, daß sie unsere Arbeit durch die Tat anerkennen.«

Auf dem Weg wohin? Warum *richtig*? Woher weiß der Berichterstatter, daß die Benutzer die Arbeit *anerkennen* (s.o.).

Ohne überflüssigen Wortballast liest sich der Bericht so:

Jahresbericht

1. Bestand
Insgesamt
Im Berichtszeitraum erhöhte sich der Bestand unserer Institutsbibliothek von 14 924 auf 15 044. Das ist ein Zuwachs von acht Prozent.

Zeitschriften
Die Zahl der abonnierten Zeitschriften stieg von 88 auf 98. Die Bibliothek hat damit alle wesentlichen Periodika des Fachgebietes und angrenzender Gebiete.

Monographien
Es wurden 56 neue Monographien erworben. Aufgrund von Sondermitteln konnten auch teure Werke ange-

schafft werden, darunter die grundlegenden Arbeiten von Klages und Reibeseiger.

Handbücher
Mit der Anschaffung von 23 Handbüchern stehen in der Bibliothek nun alle wesentlichen Nachschlagewerke zur Verfügung.

Dissertationen
Der Bestand wurde um 31 Arbeiten erweitert.

2. Benutzerinnen und Benutzer
Zahl
Die Bibliothek wurde von 201 Institutsangehörigen genutzt. Das bedeutet einen Zuwachs von sechs Prozent.

Ausleihe
Im Berichtszeitraum wurden dreieinhalbtausend Bände ausgeliehen. Im Jahr zuvor waren es unter dreitausend. Durchschnittlich hat jeder Benutzer knapp 18 Bücher (17,8) im Jahr ausgeliehen.

Lesesaal
Der Lesesaal wurde fast zweitausendmal genutzt (im Jahr zuvor rund achtzehnhundertmal).

Zusammengefaßt: Sowohl der Bestand als auch die Nutzung der Bibliothek entwickelten sich im Berichtszeitraum positiv.

Übung 3

- Vollbeschäftigung
  Vollbeschäftigung aus der *Sicht der Unternehmer.*
  Die *gewerkschaftspolitischen* Konzepte für Vollbeschäftigung in den *siebziger Jahren.*
- Tierversuche
  Ethisch-moralische Aspekte von Tierversuchen.
  Tierversuche in den *USA* für *nichtmedizinische Zwecke.*
- Sexismus
  Sexismus im *Deutschen Bundestag*

Sexismus in den *schwedischen Medien.*
Sexismus in *neuen Geschichtsbüchern* für die *Sekundarstufe I.*

Übung 4

Buche, Laubbäume, Eiche, Flora, Nadelbäume, Festlandflora, Tanne, Meeresflora, Fichte

Thema: Flora
1 Festlandflora
1.1 Nadelbäume
1.1.1 Tanne
1.1.2 Fichte
1.2 Laubbäume
1.2.1 Eiche
1.2.1 Buche
2 Meeresflora

Übung 5

»Trotz intensiver Forschungsarbeit zum Thema ›Polentum in Berlin/Preußen unter besonderer Berücksichtigung der Schul- und Bildungssituation« erwies sich das vorliegende Material für die einzelnen Fragestellungen unterschiedlich gehaltvoll. Während für den großen polnischen Schulstreik 1906/07 die Quellenlage als relativ gut *bezeichnet werden kann, bereitet die Aufarbeitung* der Schulsituation der polnischen Kinder/Jugendlichen in Berlin vom Ende des 19. Jahrhunderts bis einschließlich 1945 zum Teil *erhebliche Schwierigkeiten.* (...)

Für die *Beschulung* polnischer Kinder/Jugendlicher in allgemeinbildenden Schulen Berlins konnte bisher *kein beziehungsweise nur sehr andeutungsweise* Material ausfindig gemacht werden. Ein *partieller Zugang wäre unter Umständen* durch ein indirektes Vorgehen *denkbar*, so etwa über eine Analyse der gültigen Lehrpläne in den Fächern Deutsch, Geschichte, Geographie und Gesangsunterricht. Die Diskriminierung/Ausgrenzung von Schülern polnischer Nationalität könnte hier *inhaltlich demonstriert* werden.«

Schlicht und verständlich – also freundlich zu den Leserinnen und Lesern – ist folgende Version:

Ich stand bei meiner Arbeit vor einem großen Problem: Es liegen nur wenige Quellen über die Schul- und Bildungssituation von Polinnen und Polen in Berlin vor. Während der große polnische Schulstreik von 1906/07 relativ gut dokumentiert ist, gilt dies nicht für die Schulsituation polnischer Kinder und Jugendlicher in Berlin vom Ende des 19. Jahrhundert bis 1945. (...) Über die Situation polnischer Schülerinnen und Schüler in den allgemeinbildenden Schulen Berlins konnte bisher nur sehr wenig Material ausfindig gemacht werden. Solange dies so ist, kann vielleicht ein indirekter Zugang mehr Aufschluß geben: die Analyse der Lehrpläne – besonders der Fächer Deutsch, Geschichte, Geographie und Musik. Ich nenne diese Fächer, weil ich vermute, daß in ihnen Schülerinnen und Schüler polnischer Nationalität am stärksten diskriminiert wurden.

Übung 6

Es gibt bei dieser Übung kein »richtig« oder »falsch«, da Thesen die eigene Meinung zum Ausdruck bringen. Meine Thesen:

- Tierversuche sind auch deshalb abzulehnen, weil sie das technokratische Verhalten zur Natur stützen, die Philosophie stärken, die Natur könne im Interesse des »Fortschritts« unbegrenzt ausgebeutet werden.
- Tierversuche senken die Hemmschwelle gegenüber Eingriffen in die Natur. Sie sind daher im Zusammenhang mit der aktuellen Diskussion über Gen- und Reproduktionstechnologien zu betrachten.

FÜNFTES KAPITEL

Briefe

Steht in Ihrem Bücherregal ein »Briefsteller«? Sie kennen nur Briefzusteller (Briefträger) aber keine »Briefsteller«? »Briefsteller« sind Schablonenlieferanten. Sie bieten »Musterbriefe für alle Gelegenheiten« an. »Briefe zu Geburt und Taufe«, »Behördenkorrespondenz«, »Worte und Briefe der Anteilnahme« lauten einige der Titel, selbst für Verliebte gibt es Musterbriefe.

Ich will Sie nicht dafür gewinnen, Briefe nach vorgestanzten Mustern zu schreiben. »Gute« Briefe sind nach meinem Verständnis keine Kopien von Musterbriefen. »Gute« Briefe berücksichtigen vielmehr
- den jeweiligen Schreibanlaß und
- an wen geschrieben wird.

Sie sind situationsbezogen und adressatenorientiert. Wer »gute« Briefe schreiben will, sollte sich nicht an Mustern orientieren, sondern einen *eigenen* Ausdruck finden. Oder können Sie sich noch freuen, wenn Sie beispielsweise auf jeder Postkarte lesen, die Ihnen Freunde und Bekannte aus dem Urlaub schicken: »Uns geht es gut, was wir von Euch auch hoffen«?

Sie finden deshalb in diesem Kapitel keine Musterbriefe (und keine Übungsaufgaben mit Musterlösungen). Sie finden Hinweise,
- was sie vor und während des Schreibens und beim Korrigieren von Briefen *bedenken* sollten,
- welche Gepflogenheiten Sie bei der Briefgestaltung *beachten* sollten.

I. Privatbriefe

Kann man so vermessen sein, Hinweise über Privatbriefe zu geben? Die meisten »Briefsteller« haben keine Skrupel. Es werden nicht nur Ratschläge zum Briefstil gegeben, sondern auch Briefinhalte vorgeschlagen. So ist es für Elisabeth Ruge ein Trauer»fall«, wenn eine unverheiratete Frau ein Kind erwartet. Die schwangere Frau erhält daher keine Glückwünsche. Vielmehr wird ihr mitgeteilt:

»Vorsorglich haben wir schon auf dem Dachboden gekramt und gemerkt, daß wir Deinem Sprößling eine ansehnliche Ausstattung zu vermachen haben. (...) So stellen wir uns also Dein Baby schon lebhaft vor in den Klamotten von Lukas und Isabell.«[26]

Ich habe auch große Vorbehalte gegen Formulierungshilfen für Privatbriefe. Ich will diese Vorbehalte an einem Beispiel erläutern:

Birgit und Peter heiraten. Sie bekommen aus diesem Anlaß viel Post. Peters Großeltern schreiben:

»Liebe Kinder!
Zu Eurem schönsten Festtag, an dem wir leider nur in Gedanken teilnehmen können, wünschen wir Euch von Herzen Glück und Segen. Genießt Euren Hochzeitstag und dankt dem gütigen Geschick, das Euch zusammenführte!

Grüßt auch die lieben Eltern herzlich sowie alle Gäste, soweit wir sie kennen, und seid innig geküßt von

Euren getreuen Großeltern«[27]

Birgits Tante schreibt:

»Liebe Kinder, leider können wir an Eurem schönsten Festtag nur in Gedanken bei Euch sein. Dafür senden

---

26 Worte und Briefe der Anteilnahme, Niedernhausen/Ts. 1979, S. 64.
27 Irmgard Wolter-Rosendorf: Der neue Briefsteller. Musterbriefe für alle Gelegenheiten. Neubearb. von G. Georg, Niedernhausen/Ts. 1982, S. 38.

wir Euch aber unsere aufrichtigsten Glück- und Segenswünsche. Genießt Euren Hochzeitstag von Herzen, und freut Euch darüber, daß Ihr jetzt endlich zusammen seid.

Grüßt auch die lieben Eltern herzlich sowie alle Gäste, soweit wir sie kennen, und seid innig umarmt von Eurer

Tante Berta und Onkel Jakob«

Sowohl die Großeltern als auch Tante und Onkel sind den Empfehlungen von Büchern gefolgt, die den »richtigen« Brief für jeden Anlaß versprechen. (Den zweiten Brief habe ich aus Vorschlägen von drei anderen »Briefstellern« zusammengesetzt.) Spätestens beim dritten Brief dieser Art wird es dem Brautpaar auffallen, daß sie Musterbriefe erhalten haben. Sie sind nicht besser als Karten mit vorgedrucktem Text. Ich rate von der Verwendung solcher Schablonen ab. Das Ergebnis sind meist Floskeln, Pathos, Scheinhöflichkeiten oder Untertanensprache:

Man
– *erlaubt* sich, dem Chef Glückwünsche zu senden,
– hat die *Nachricht* (von der Geburt eines Kindes) *vernommen*,
– gratuliert *aufrichtig*,
– *übermittelt* Glückwünsche,
– fragt, ob man dem lieben *Fräulein* Müller Glückwünsche *aussprechen darf*
– usw.

Es
– wird mit *besten Empfehlungen* gegrüßt,
– ist eine *besondere Freude*, Glückwünsche *auszusprechen*,
– grüßen stets nur *alte* Tanten und *alte* Onkel,
– wird oft nur *für heute* alles Gute gewünscht
– usw.

Privatbriefe sind eine persönliche Angelegenheit. Sie sollten daher auch als *persönliche* Briefe geschrieben werden. Das gilt für den Stil eines Briefes und noch mehr für den Inhalt[28].

Ich rate ab von allen vorgegebenen Formulierungshilfen. Finden Sie Ihre eigenen Worte.

Einige positive Aussagen riskiere ich:
Teilen Sie etwas über sich mit. Schreiben Sie zum Beispiel aus dem Urlaub nicht nur, daß die Sonne scheint, das Wasser warm ist und die Unterkunft komfortabel. Für unpersönliche Informationen dieser Art gibt es mittlerweile Postkarten, auf denen solche Sätze vorgegeben sind und nur noch angekreuzt werden müssen. Schreiben Sie, wie Sie sich fühlen, was Sie machen usw.

Wenn Sie in der Schule gelernt haben, man fängt einen Brief nicht mit »ich« an, wer häufig »ich« schreibt, ist egoistisch – vergessen Sie es. Privatbriefe sind »Ich-Briefe«. Sie können mit »ich« anfangen und von sich schreiben. Auch wenn Sie auf die Sorgen oder Freuden anderer eingehen, interessieren die Empfängerin bzw. den Empfänger des Briefes *Ihre* Gedanken, Meinungen, Gefühle usw. zu diesen Sorgen oder Freuden:

- »Ich freue mich, daß Du ...« – statt: »Gut, daß Du ...«.
- »Ich kann Deine Sorgen über ... verstehen« – statt: »Deine Sorgen über ... sind berechtigt.«

Es geht nicht darum, besondere oder gar »große« Worte zu finden. Privatbriefe sollten vielmehr mit wirklich *eigenen* Worten geschrieben werden – und das heißt: unverwechselbar sein.

---

28 Absurd finde ich daher auch, »Textbausteine für den persönlichen Brief« anzubieten. Holger Beitz hat in seinem Ratgeber für Briefe zur Geburt eines Kindes unter anderem folgende »Textbausteine« im Angebot: »Eine Geburt macht nicht satt« (Italienisches Sprichwort), »Ist der Mensch geboren, so fängt er an zu sterben« (Sprichwort), »Viele werden geboren, aber wer davon wird je wirklich geliebt?« (Brasilianisches Sprichwort). Die Empfänger werden sich bestimmt freuen, wenn einer dieser Textbausteine in den Brief an sie »eingemauert« wurde. Briefe zu Geburt und Taufe. Glückwünsche und Danksagungen, Niedernhausen/Ts. 1986, S. 93.

Zusammenfassung:
Für das, was Sie als persönliche Mitteilung schreiben wollen, gibt es keine Muster. Suchen Sie nach Worten, die das ausdrücken, was Sie denken, meinen, fühlen.

Buch-Tip:
Ich kann von »Briefstellern« nur abraten.

Übungs-Tip:
Mein Tip fällt diesmal etwas anders aus: Holen Sie sich aus der Bücherei ein paar »Briefsteller« und amüsieren Sie sich über die Vorschläge, die in diesen Büchern gemacht werden (sie stehen in der Rubrik »Sprache«).

II. Bewerbungsschreiben

Ein Bewerbungsschreiben ist weder ein reiner Privatbrief noch ein ausgesprochener Geschäftsbrief. Wenn Sie sich um eine Stelle bewerben, schreiben Sie als Privatperson. Da Ihr Brief an eine Firma, eine Behörde oder eine ähnliche Einrichtung geht, ist er auch »geschäftlich«. Ich habe daher dem Bewerbungsschreiben einen eigenen Abschnitt eingeräumt. Vor allem jedoch deshalb, weil es sich um einen sehr wichtigen Schreibanlaß handelt.

Zunächst möchte ich wiederum vor der Orientierung an Musterbriefen warnen. Dies aus zwei Gründen:

1. Viele Bücher, die eine »erfolgreiche Bewerbung« versprechen, sind unseriös. *Das erfolgreiche* Bewerbungsschreiben gibt es nicht. Ein Bewerbungsschreiben kann allenfalls Chancen erhöhen oder mindern. Zahlreiche Muster-Bewerbungsschreiben tragen eher dazu bei, die Chancen zu verschlechtern. So finden Ratsuchende bei Helmut Dittrich folgendes Muster als Empfehlung (was und wie man

aus meiner Sicht nicht schreiben sollte ist *kursiv* gesetzt):

»*Betr.*: Lehrstelle

Sehr geehrte Damen und Herren,

von Freunden habe ich erfahren, daß in Ihrer Firma ein ...*-Lehrling* eingestellt wird. Dieser Beruf hat mich *immer schon* sehr interessiert.

In der Anlage finden Sie eine Kopie meines letzten Zeugnisses und einen Lebenslauf. Darf ich Sie *morgen*, den ... anrufen, um einen Termin zu erfahren, an dem *ich mich selbst persönlich* vorstellen kann?

Ich stelle es mir interessant vor, in Ihrer Firma zu arbeiten.

Mit freundlichen Grüßen«[29]

2. In einem Bewerbungsschreiben muß man versuchen, sich so genau wie möglich auf den Text einer Stellenanzeige zu beziehen. In einem Bewerbungsschreiben muß man das »Kunststück« leisten,
   - sich auf eine unbekannte Leserin, einen unbekannten Leser einzustellen,
   - sich im besten Licht zu zeigen (aber nicht zu deutlich) und gleichzeitig
   - nicht zu anspruchsvoll zu erscheinen.

Selbst die besten Musterbriefe können das nicht leisten. Jede neue Bewerbung ist eine neue Situation und erfordert ein neues, ein situationsbezogenes Bewerbungsschreiben. Wer seine alten Bewerbungsschreiben oder Musterbriefe kopiert, mindert die Chancen, zu einem Bewerbungsgespräch eingeladen zu werden.

Was läßt sich nach diesen Warnungen positiv sagen? »Ihre Bewerbung ist Ihre Visitenkarte«, heißt es in einem Merkblatt der Bundesanstalt für Arbeit in Nürnberg. Eine Visitenkarte sollte, um im Bild zu bleiben,

---

29 Sich besser bewerben – erfolgreicher vorstellen, München 1982, S. 71.

nicht abgegriffen sein. Auf das Bewerbungsschreiben übertragen: Der erste Eindruck muß gut sein. Das klingt banal. Ist es aber nicht, wie sich in der Praxis immer wieder zeigt. Für einen guten ersten Eindruck sorgen:

- eine Briefgestaltung, die den Gepflogenheiten entspricht (mehr dazu weiter unten und im nächsten Abschnitt);
- ein angemessener Umfang, erschrecken Sie die Personalchefin, den Firmenchef nicht mit vielen Seiten; schreiben Sie aber auch nicht zu wenig, sonst kann Ihre Bewerbung den Eindruck erwecken, sie sei nicht sonderlich ernst gemeint;
- saubere Kopien der geforderten Unterlagen. Wenn in der Stellenanzeige dazu keine Angaben gemacht werden, sind das:
  Zeugnisse über Schulabschlüsse;
  Belege über weitere Abschlüsse, Lehrgänge und Qualifikationen, Arbeitszeugnisse von früheren Stellen sowie – keinesfalls kopiert – der Lebenslauf (mehr dazu weiter unten) und
  ein Lichtbild, wenn es verlangt wird.
  Reichen Sie nur solche Unterlagen ein, die mit der Stelle zu tun haben. Eine Scheidungsurkunde gehört beispielsweise nicht zu den »üblichen« Unterlagen. Reichen Sie keine Unterlagen ein, die durch Ihre weitere Entwicklung überholt sind. Wenn Sie beispielsweise auf dem zweiten Bildungsweg das Abitur nachgeholt haben, brauchen Sie nicht mehr das Zeugnis der Realschule beizufügen. Wenn Sie seit sieben Jahren Abteilungsleiterin sind, können Sie Ihr Schulzeugnis weglassen.

Zum Inhalt: Ein Bewerbungsschreiben wirbt in eigener Sache und liefert Informationen, die über die Angaben im Lebenslauf hinausgehen. Es sollte

- genaue Angaben enthalten, um welche Stelle man sich bewirbt, da mehrere Stellen frei sein können;

- die Fähigkeiten, Kenntnisse und Erfahrungen hervorheben, die vom Bewerber erwartet werden;
- darauf hinweisen, warum man sich für die Stelle interessiert (zum Beispiel: größere Verantwortung, größeres Aufgabengebiet, neue Erfahrungen, Weiterqualifizierung).

Ein Bewerbungsschreiben sollte klar gegliedert sein. Ein Vorschlag:

1. Anlaß der Bewerbung
2. bisherige Tätigkeiten
3. besondere Fähigkeiten, Kenntnisse und Erfahrungen
4. Grund der Bewerbung
5. Gehaltsforderungen (nur wenn in der Anzeige ausdrücklich gewünscht)
6. möglicher Arbeitsbeginn
7. Angaben zur Person (die nicht im Lebenslauf enthalten und für die Stelle relevant sind, zum Beispiel: nicht ortsgebunden)
8. Abschlußsatz
9. Gruß

Schreiben Sie

- weder überheblich (»Ich bin der richtige Mann für Ihre Probleme«, »Ich bin die Frau, die Sie schon immer gesucht haben«)
- noch unterwürfig (»Ich wäre überglücklich, wenn Sie meiner Bewerbung Beachtung schenken würden«).

Schreiben Sie positiv über Ihre bisherige berufliche Tätigkeit bzw. Ihre schulischen Leistungen:

Nicht

»Seit zwei Jahren bin ich in dieser Firma als... tätig. Die anspruchslose und monotone Arbeit in diesem Kleinbetrieb konnte mich nicht begei-

Sondern

»Während meiner zweijährigen Tätigkeit in dieser Firma habe ich alle Aufgabenbereiche meines Berufes kennengelernt. Insbesondere bin

stern. Meine wiederholten Bitten, mir andere Aufgaben zu übertragen, blieben erfolglos.«

»Leider sind meine Noten in Deutsch, Englisch und Physik nicht gut genug für einen Ausbildungsplatz in meinem Traumberuf. Für den Beruf des KFZ-Mechanikers reichen meine Leistungen bestimmt aus.«

ich vertraut mit ...
Ich möchte diese Kenntnisse gerne für anspruchsvollere Aufgaben einsetzen.«

»Meine Stärken lagen in der Schule vor allem in den Fächern Arbeitslehre-Technik und Mathematik.«

Auch für den **Lebenslauf** gilt: Wie ausführlich man schreibt, und was man hervorhebt, richtet sich nach der jeweiligen Situation (den Anforderungen, dem Empfänger). Eindeutig läßt sich sagen: Der Lebenslauf sollte lückenlos sein.

Üblich ist ein tabellarischer Lebenslauf: Die »Aufsatzform« wird allenfalls noch von jungen Menschen erwartet, die sich um einen Ausbildungsplatz bewerben. Der tabellarische Lebenslauf kann nach sachlichen oder nach zeitlichen Gesichtspunkten geordnet werden.

Bernd Langer

Lebenslauf

28. 7. 1950	geboren in Frankfurt am Main
1956–1966	Grund- und Realschule
	Mittlere Reife
1966–1969	Lehre als Verlagskaufmann bei ...
	Kaufmannsgehilfenbrief

...

Bernd Langer

Lebenslauf

Geburtstag:	28. 7. 1950
Geburtsort:	Frankfurt am Main

Schulbildung:	1956–1966 Grund- und Realschule Mittlere Reife
Berufsausbildung:	1966–1969 Lehre als Verlagskaufmann bei ... Kaufmannsgehilfenbrief

...

Wenn man, wie in diesen Beispielen, die Dreißig überschritten hat und schon viele Jahre arbeitet, ist es nicht erforderlich, die Eltern im Lebenslauf zu erwähnen. Das genaue Datum des Schulbesuchs (Monat und Tag) ist auch nicht mehr interessant.

Unabhängig davon, ob man einen Lebenslauf chronologisch oder sachlich ordnet, sollte er nach folgenden Gesichtspunkten gegliedert werden:

1. Herkunft (Geburtsdatum und -ort),
2. Schulbildung,
3. Berufsausbildung,
4. Berufstätigkeit,
5. Fortbildung, Weiterbildung,
6. Besondere Kenntnisse und Fähigkeiten,
7. Persönliche Angaben (sie können auch unter Punkt 1 stehen),
8. Ort, Datum und Unterschrift (Vor- und Zuname).

Der Lebenslauf enthält weder Anrede noch Gruß.

Schließlich: Verschicken Sie keinen kopierten Lebenslauf. Sie erwecken sonst den Eindruck, Sie würden sich nicht gezielt bewerben.

Zusammenfassung:
Bewerbungsschreiben sind Werbungsschreiben. Beziehen Sie Ihre »Werbung« so präzise wie möglich auf den Empfänger (bzw. die Situation). Stellen Sie das, was Sie können, ins rechte Licht – ohne dick aufzutragen.

Übungs-Tip:
Schauen Sie Ihre Unterlagen für Bewerbungen kritisch durch, und machen Sie an den Stellen ein Kreuz, an denen Sie bei einer Bewerbung etwas verändern müßten.

III. Geschäftsbriefe, Schriftverkehr mit Behörden

Schreiben Sie des öfteren dem Bundeskanzler? Schikken Sie gelegentlich dem Bundespräsidenten einen Brief? Verhandeln Sie mit Grafen und Fürstinnen über den Kauf von Burgen oder Ländereien? Beschweren Sie sich beim Papst oder einem Bischof über die schlechte Welt? – Dann brauchen Sie einen »Briefsteller«. Oder wissen Sie, wie man diese hohen Herren und Damen in einem Brief anspricht, wie man sie zum Abschluß grüßt?

»Hochzuverehrender Herr Bundespräsident
In aufrichtiger Verehrung
Ihr sehr ergebener

Hochverehrter Herr Bundeskanzler
Mit dem Ausdruck aufrichtiger Verehrung
Ihr sehr ergebener

Eure Heiligkeit
Um den Segen Eurer Heiligkeit bittet (fleht)«[30]

Bei Briefen an Vertreter des »niederen Adels« schreibt man in der Anschrift: »Herrn Günter Ritter von Schwarz«. Die Anrede lautet schlicht: »Sehr geehrter Herr von Schwarz«. Ganz anders muß dagegen die

---

30 Diese »Vorschriften« sind entnommen: Elisabeth Ruge: Behördenkorrespondenz. Musterbriefe, Anträge, Einsprüche, Niedernhausen/Ts. 1977, S. 16f. u. 22.

Anrede bei einem Fürsten lauten: »Eure Durchlaucht« oder bei einem Herzog: »Eure Hoheit«[31].

Wenn Sie der Meinung sind, daß im 20. Jahrhundert ein »Sehr geehrter Herr Bundespräsident« genügt, wenn Sie wenig mit Rittern, Freifrauen und Kardinälen zu tun haben, sondern gelegentlich einen Kostenvoranschlag einholen, einen Versicherungsschaden melden, Widerspruch gegen einen Bußgeld- oder Steuerbescheid einlegen, eine Bestellung widerrufen – dann kommen Sie auch ohne solche Ratgeber aus.

Das Wichtigste ist Sachwissen. Sie müssen Ihre Rechte kennen. Wenn Sie sie kennen, kommt es nur noch darauf an, daß

1. die Form stimmt,
2. Sie situationsbezogen schreiben und sich nicht an schlechten Mustern orientieren.

Zum ersten Punkt: Ob es uns gefällt oder nicht, der Inhalt von Briefen wird auch nach ihrem Aussehen, ihrer Form beurteilt. Ein Beispiel: Sie widerrufen die Mitgliedschaft in einem Buchklub, zu der man Sie an der Tür überredet hat. Sie wissen vielleicht aus eigener Erfahrung, daß Buchklubs solche Widerrufe oder Kündigungen gerne übergehen. Sie machen das nicht bei allen Mitgliedern. Sie probieren es vor allem dann, wenn sie den Eindruck haben, jemand wird dieses vertragswidrige Verhalten hinnehmen. Und ein solcher Eindruck entsteht aufgrund von Äußerlichkeiten, zum Beispiel der Form eines Briefes. Wer auf einem DIN-A5-Blatt mit Karos schreibt, zählt eher zu denen, bei denen man versucht, sie übers Ohr zu hauen. Nicht anders reagieren viele Beamte bei Finanz-, Arbeits- oder Sozialämtern. Sie ersparen sich Ärger, wenn Ihr Brief den herkömmlichen Standards in der Geschäfts- und Behördenwelt entspricht. Ein Muster *für die Form*

---

31 Alle Anregungen nach Joachim Stave: Gute Briefe keine Kunst, Gütersloh 1975, S. 30f.

(ein Punkt steht für eine Leerzeile) finden Sie auf Seite 189.

Verwenden Sie unliniertes DIN-A4-Papier. Lassen Sie sowohl links und rechts als auch oben und unten einen Rand von 25 mm (= 10 Schritte bei der Schreibmaschine). Schreiben Sie nicht in Druckbuchstaben.

Zum zweiten Punkt: Bevor Sie schreiben, sollten Sie überlegen, an wen Sie schreiben. Wenn man an große Unternehmen oder Behörden schreibt, ist es nützlich zu wissen, an wen bzw. an welche Abteilung der Brief zu richten ist. Das spart Zeit und gelegentlich auch Ärger. Bezieht man sich auf einen Brief, läßt sich der Empfänger meist dem Vermerk »Unser Zeichen« entnehmen. Ist nicht zu ermitteln, an welche Abteilung bzw. welchen Sachbearbeiter der Brief zu adressieren ist, erleichtert ein »Betreff« das Weiterleiten. Manche Menschen schreiben stets an die »höchste Stelle«. Das verzögert nur die Bearbeitung. Wenn man beispielsweise lediglich etwas bestellen oder sich nur informieren will, ist die Bestell- oder Kundenabteilung die richtige Adresse. An die Geschäfts- oder Amtsleitung sollte man sich wenden, wenn man mit einem Produkt oder dem Service wiederholt schlechte Erfahrungen gemacht hat, wenn man mit der Entscheidung eines Sachbearbeiters nicht einverstanden ist.

Unabhängig davon, wem Sie schreiben, sollten Sie klar und sachlich, freundlich und bestimmt schreiben.

Klar und sachlich

Niemand sagt zu seinem Gemüsehändler: »Ich erlaube mir den höflichen Hinweis, daß die an mich zur Auslieferung gebrachten Südfrüchte diverse Mängel aufweisen. Ich muß daher darum ersuchen, daß Sie diese zurücknehmen.« Viele schreiben allerdings so umständlich und geschraubt. Aus

– »von uns« wird »unsererseits«,
– »sofort« wird »mit sofortiger Wirkung«,

.
.
.
Claudia Treppke Bonn, 22. 5. 19..
Reuterstraße 23
53113 Bonn
Tel. (0228) 223344
.
.
.
.
.
.
Finanzamt Bonn
Am Grünen Anger 41
.
53111 Bonn
.
.
.
.
.
Steuer-Nr. 492/7207
.
.
Sehr geehrte Damen und Herren,
.
gegen Ihren Umsatzsteuerbescheid vom 20. 5. 19.. lege ich
Einspruch ein. Ich beantrage die Aussetzung der Vollziehung.
.
Begründung:
Sie haben DM 17.289 Umsatz mit 15% besteuert, obwohl...
.
Bitte ändern Sie den Bescheid entsprechend.
.
Mit freundlichem Gruß
.
.
.
(Unterschrift)
.
.
.
Anlage(n)

- »berechnen« wird »in Rechnung stellen«,
- »mitteilen« wird »davon in Kenntnis setzen«,
- »abziehen« wird »in Abzug bringen« usw.

Vermeiden Sie solche hölzernen Formulierungen, schreiben Sie klar und sachlich (vgl. ausführlich Kapitel 1).

Freundlich und bestimmt

Übertreiben Sie jedoch nicht. Rolf W. Schirm übertreibt in seinen Empfehlungen für einen »neuen Mitteilungsstil«:

»Verzichten Sie auf jedes Wort, das nichts Wesentliches aussagt. Es ist unnützer Ballast, kostet Zeit beim Schreiben und Lesen und mindert die Wirkung.«[32]

Zwei Beispiele für das von ihm empfohlene »kurze, knappe und präzise« Schreiben:
»Bitte schreiben Sie uns« statt: »Wir bitten Sie, uns mitzuteilen«.
»Sie erhalten 15 Prozent Rabatt« statt: »Wir gewähren Ihnen 15 Prozent Rabatt« (S. 45).

Um ein paar Silben zu sparen, wird der Inhalt der ersten Aussage verändert. Schreibe ich »mitzuteilen«, heißt das, man kann mich auch anrufen. »Bitte schreiben Sie uns« schließt das Telefonieren aus. Und es macht einen Unterschied, ob ich meinen Geschäftspartnern Rabatt »gewähre« (bzw. einräume) oder er ihn »erhält«. In »erhalten« steckt kein Vorzug, kein Entgegenkommen (eher eine Verfügung: »Du kriegst und Schluß!«). Ein freundliches Wort, ein verbindlicher Ton wird von kaum jemandem als »Ballast« empfunden und mindert auch nicht die »Wirkung« – im Gegenteil.

Wirklich überflüssig sind Formulierungen, die Selbstverständlichkeiten ausdrücken:

---

32 Kürzer, knapper, präziser. Der neue Mitteilungsstil moderner Führungskräfte, Düsseldorf 1970, S. 32.

– »Wir haben Ihr Schreiben zur Kenntnis genommen.«
– »Wir haben Ihr Schreiben vom ... dankend erhalten.«

Wenn man das Schreiben nicht erhalten bzw. gelesen hätte, würde man auch nicht darauf antworten. Nicht überflüssig, sondern freundlich ist der Dank im zweiten Satz. Kürzer und freundlich liest er sich so: »Vielen Dank für Ihren Brief vom ...«

Freundlich schreiben heißt nicht: unterwürfig formulieren. Verzichten Sie auf

– »Ich *gestatte* mir, Sie darauf hinzuweisen, ...«, weisen Sie einfach darauf hin;
– »Ich *erlaube* mir, Sie darauf aufmerksam zu machen, ...«, machen Sie einfach aufmerksam;
– »Ich *hoffe*, Ihnen *gedient zu haben* (*dienlich gewesen zu sein*)«, freuen Sie sich lieber, wenn Sie helfen konnten,
– »*Darf* ich mich für ... bedanken«, schreiben Sie schlicht: Vielen Dank für ...

Der »Sehr *verehrte* Herr Stadtrat« kann auch mit »Sehr geehrter Herr Stadtrat« leben. Wenn ich, was die Regel ist, nicht an Stadträte und nicht an Behörden schreibe, dann wähle ich folgende Anrede: Guten Tag, (liebe) Frau Fischer. Ich schreibe so, wie ich auch in anderen Situationen Menschen anrede, zum Beispiel beim Telefonieren.

Statt der »*vorzüglichen Hochachtung*« tut es auch ein freundlicher Gruß oder freundliche Grüße; wenn es formell sein soll, reicht »Hochachtungsvoll«. Ich schließe Briefe mit »viele Grüße nach Halle« oder »freundliche Grüße an die Saale« und bei schönem Wetter sind es manchmal »sonnige Grüße aus dem Rheinland«. Wenn ich sicher bin, daß mein Brief montags oder freitags gelesen wird, wünsche ich »einen guten Start in die neue Woche« oder ein »schönes Wochenende«.

Versetzen Sie sich in die Lage des Empfängers: Wenn jemand unterwürfig schreibt, ist wohl kaum zu erwarten, daß er auf seinem Recht besteht, daß er sich beschweren wird. Also wird der Brief als nicht wichtig oder dringend eingeschätzt und erst einmal zur Seite gelegt. Wenn Ihnen etwas zusteht, verlangen Sie es unmißverständlich. Freundlichkeit und Bestimmtheit schließen sich nicht aus. Enthält man Ihnen Ihr Recht vor, hat – meine ich – die Freundlichkeit ein Ende. Dann – und nur dann – genügt: »Ich fordere Sie auf, mir bis zum...«, »Ich setze Ihnen eine Frist bis zum...«

Zum Schluß noch etwas sehr Wichtiges: Briefe an Firmen und Behörden stets mit Durchschlag schreiben bzw. eine Kopie machen.

Zusammenfassung:
Bei Briefen an Unternehmen und Behörden muß die Form stimmen. Der Stil sollte klar und sachlich, freundlich und bestimmt sein.

Buch-Tip:
Auch für Geschäftsbriefe halte ich nichts von Ratgebern mit Musterbriefen. Wenn Sie unsicher sind, was Sie schreiben sollen, besorgen Sie sich ein (juristisches) Sachbuch. Für die Gestaltung und den Briefstil genügen die Erläuterungen in diesem Leitfaden.

Übungs-Tip:
Prüfen Sie, ob Sie an den Briefen, die Sie in letzter Zeit an Firmen oder Behörden geschrieben haben, etwas verbessern können.

Zusammenfassungen auf einen Blick

Kapitel 1

- Verben, Verben, nochmals Verben!
- Verwenden Sie Adjektive sparsam: nicht mehr als zwei (passende!) Adjektive in einem Satz.
- Schreiben Sie gemäßigt Deutsch, vermeiden Sie Silbenschleppzüge.
- Vorsicht bei der Verwendung von Bildern und Synonymen!

Kapitel 2

- Der einzelne Satz sollte verständlich und der gesamte Text flüssig zu lesen sein. Packen Sie deshalb nicht zu viel in den Hauptsatz, und fallen Sie nicht in einen Hackstil. Wechseln Sie zwischen mäßig kurzen und mäßig langen Sätzen.
- Stellen Sie das Wichtigste an den Anfang eines Satzes, packen Sie die Hauptaussage in den Hauptsatz, und vermeiden Sie Schachtelsätze (und Bandwurmsätze).
- Im Aktiv schreiben, Verneinungen vermeiden.
- Es gibt kein Patentrezept, sondern nur Anhaltspunkte für gutes Schreiben.

Kapitel 3

- In einer Meldung, einem Bericht sollten alle »W«-Fragen beantwortet werden. Am Anfang steht das

Wichtigste. Dann folgen Informationen zur näheren Erläuterung und schließlich weitere Einzelheiten.

- Bei Meinungsbeiträgen vom Ziel her denken und auf das Ziel hin strukturiert argumentieren.
- Der erste Eindruck ist wichtig. Geben Sie deshalb nur Texte an die Presse, bei denen auch die äußere Form stimmt.

Kapitel 4

- Protokolle sollen das Wesentliche exakt wiedergeben.
- Berichte sollen sachlich, knapp, übersichtlich und umfassend informieren.
- Nehmen Sie sich bei jedem Referat genügend Zeit für die Analyse des Themas. Eine gründliche Themenanalyse ist Voraussetzung dafür, daß Sie den weiteren Arbeitsprozeß steuern – statt von diesem gesteuert zu werden. Sorgen Sie für eine klare äußere und innere Struktur des Referats, für eine überschaubare Gliederung und einen erkennbaren »roten Faden«.
- Das Thesenpapier ist eine Stellungnahme, die zur Diskussion anregen soll. Damit es diese Funktion erfüllt, sollte es kurz, prägnant und schlüssig sein.

Kapitel 5

- Für das, was Sie als persönliche Mitteilung schreiben wollen, gibt es keine Muster. Suchen Sie nach Worten, die das ausdrücken, was Sie denken, meinen, fühlen.
- Bewerbungsschreiben sind Werbungsschreiben. Beziehen Sie Ihre »Werbung« so präzise wie möglich auf den Empfänger (bzw. die Situation). Stellen

Sie das, was Sie können, ins rechte Licht – ohne dick aufzutragen.

- ◆ Bei Briefen an Unternehmen und Behörden muß die Form stimmen. Der Stil sollte klar und sachlich, freundlich und bestimmt sein.

Buch-Tips auf einen Blick

Kapitel 1

- Duden. Band 8: Die sinn- und sachverwandten Wörter und Wendungen. Wörterbuch der treffenden Ausdrücke.
- Duden. Band 2: Das Stilwörterbuch.
- Duden. Band 5: Das Fremdwörterbuch.
- Duden. Band 9: Das Bedeutungswörterbuch.

Kapitel 2

- Duden. Band 4: Die Grammatik (die Abschnitte über den Satzbau).

Kapitel 3

- Weischenberg, Siegfried: Nachrichtenschreiben. Journalistische Praxis zum Studium und Selbststudium, Opladen: Westdeutscher Vlg. 1988.
- »... und morgen steht es in der Zeitung«. ABC der Pressearbeit. Herausgegeben vom Paritätischen Wohlfahrtsverband, Landesverband Nordrhein-Westfalen. Wuppertal 1992. Die Broschüre ist zu beziehen über: Paritätischer Wohlfartsverband, Landesverband NRW, Loher Straße 7, 42283 Wuppertal.
- Tillner, Christiane, Franck, Norbert: Selbstsicher reden, München: Goldmann Vlg. 1994.

- Fricke, Wolfgang: Frei reden, 3. Aufl., Köln: Bund-Vlg. 1991.
- Duden Band 1: Die Rechtschreibung (Korrekturvorschriften).

Kapitel 4

Rückriem, Georg; Stary, Joachim; Franck, Norbert: Die Technik wissenschaftlichen Arbeitens, 8. Aufl., Paderborn: Schöningh 1994 (= UTB 724).

Sachregister